日本語能力試験対応

聴解問題集

1級 2級

筒井由美子/大村礼子/喜多民子——[編著]

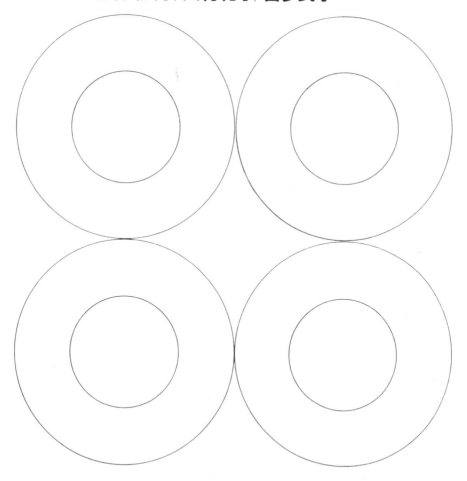

日本桐原ユニ授權　鴻儒堂出版社發行

前　　言

本書是專爲參加日本語能力試驗之2級和1級考試的人所作成的。日本語能力試驗共分成「文字、語彙」「聽解」「讀解‧文法」三大部分，本書則針對「聽解」這部分。

在解答聽解問題的時候，需要「判斷力」。也就是將文章正確地理解後再根據理解的部分來解答。這不僅僅只要懂得表達跟了解語彙就可以了，而是要求對內容的判斷力。比方説，説話者正在説什麼？在哪種情況下而説的呢？最想表達的又是什麼？必須回答這些問題。

解決聽解問題之步驟如下：

①了解問題

②正確地聽懂必要的情報

③從選擇答案中選出最適當的答案。

爲了按照此步驟解答問題，並非將所給予的情報全盤接收就可以了，而是區別必要及不必要的情報，注意重要的情報，跳過不必要的部分。

作爲日本語能力試驗對策，光是練習類似問題是不夠的，爲了能夠在短時間內達到效果，想要擁有什麼樣的能力？怎麼做才能擁有？將想要的逐一釐清並學習是必要的。

本書以實踐上述的學習方法爲目標才出版的，期望能對想參加日本語能力試驗的各位學習者有所幫助。

對本書策劃時給予協助的インタ－カルト日本語學校的江原理惠老師及其他諸位老師與製作考題的インタ－カルト日本語學校的各位同學們，表達深切的謝意。

筒井由美子

大村禮子

喜多民子

1997年8月

本書特色

●基本技巧

本書是專爲解答日本語能力試驗之「聽解」之部分所需要的技巧而構成的。具體來說，其要點如下。

①聽內容、做筆記→以「什麼時候」、「在哪裏」、「誰」、「什麼東西」、「爲什麼」、「怎麼樣」作基本，養成將要點準確地記錄下來的習慣。

②了解問題→「什麼時候」、「在哪裏」、「誰」、「什麼東西」、「爲什麼」、「怎麼樣」等，在各式各樣的話題當中，正確地掌握並注意問題之要點、密集訓練聽力。

③理解說話者真正想要表達的事→話題，例如在「爲什麼」這一點，內容便有各種變化。在那種情況下，練習判斷說話者的理由中哪個是合乎真實情況。

除了以上之基本技巧外，更需要增加以下的技巧：

①判斷圖或畫中意思

②判斷圖表所隱藏的意思

③理解抽象詞的意思

除了用耳朵聽之外，是否在腦海裏浮現出其具體的影像，這是在聽解判斷上很重要的一點。在本書之中，爲了在短時間裏增加聽解力、特別設計圖案、圖畫、圖表問題的對策。另外在日本語能力試驗中，曾經出現過抽象詞問題。由於無法掌握不知其意的單字，所以聽懂必要的情報來解決問題是必要的。爲此我們也增添這方面的對策問題。

●類型別問題

日本語能力試驗上的問題可分爲幾種類型。例如「應用規則」「找出許多意見的共同點」、「正確地排列順序」及「確實理解提示」等類型。作爲能力試驗對策而言，這種練習應該有效。

●模擬試驗

最後是與日本語能力試驗相同形式的模擬試驗，這不論是1級或2級，都可以適用，所以請參加1級試驗的人，把答對8成以上題目當成目標吧！

使用方法

想要參加2級考試的人，在聽解方面沒有自信的人，請由「考前練習」、「第一部」開始認真地學習。請依照指示邊做筆記邊練習。雖然課文和解答刊載在次頁，非到最後請不要看。

對於已經有某些程度的人而言，「第一部」之前只是讓耳朵習慣聽日文，從「第二部」的類型別問題開始認真學習也可以。

在錄音帶裏，首先出現的是問題（例如：～是什麼？）之後則是課文（以會話等方式），接下來再重覆一次問題，及給予選答方式或「正確的是幾號」的指示。在各種練習和問題的最後出現的是鈴聲，只要鈴聲一響，必須將錄音帶停下來，立刻寫答案。所以必須邊做筆記邊聽問題。倘若聽不懂，請重新再聽一次。對答案沒有自信的時候，無論多少次，也要重聽錄音帶來更正。最後才是看課文。

目 次

第2部 タイプ別問題

ウォーミングアップ

「だれ・いつ・どこ・なに・なぜ」の要点を整理しましょう。テープを聞きながら、表の空いている項目に要点を書き込んでください。

1　テープを聞いてください。➡ 大切な点を整理しましょう。

問題 1

だれが		いつ	
何をしに		どこへ	
なぜ		どうした	

2　テープを聞いてください。➡ 大切な点を整理しましょう。
➡ 話している人が一番言いたいことは何ですか。

問題 2

だれが		いつ		何をした	
何を考えた					

答えは何番ですか ＿＿＿＿番

問題1　答え

だれが	山田さんのお子さん	いつ	1月の終わりごろ
何をしに	大学受験に（行った）	どこへ	東京へ
なぜ	雪が降って電車が遅れて	どうした	試験開始に間に合わなかった 遅刻した

問題2　答え

だれが	私	いつ	先週の日曜日	何をした	ハイキングに行った
何を考えた	残念なことに→道端に咲いている草花を取ってしまう人がいる。 子供たち→注意すればすぐやめる。 大人→ひどい。取ってそのまま捨てる人もいる。				

スクリプト

問題 1

女：**山田さんのお子さん、東京へ大学受験に行った**んですってね。

男：そうらしいですね。**1月の終わりごろ**ですよね。**雪が降って**、大変だったみたいですよ。

女：そうそう、それで、**電車が遅れて、試験開始に間に合わなかった**んですって。

男：え、**遅刻した**んですか。それは災難(さいなん)でしたね。

女：とってもあせったって、言ってましたよ。

男：そうでしょうね。

スクリプト

問題 2

私は小学校の教師をしているんですが、先週の日曜日に、生徒たちといっしょにハイキングに行きました。緑がきれいで、空気がおいしくて、山を歩くのは本当に楽しかったんです。生徒たちも、楽しそうでした。でも、ひとつ**残念なこと**がありました。それは、道端(みちばた)に咲いている**草花(くさばな)を取ってしまう人がいたこと**です。子供たちもそういったことはするんですが、注意すればすぐやめます。**ひどいのは大人**なんです。**取ってそのまま捨てる人もいる**んですよ。そんな大人の姿を、子供には見せたくないですね。せっかくの楽しいハイキングだったのに、ちょっと悲しい気分でした。

▶ 話している人が一番言いたいことは何ですか。

1. 生徒たちとハイキングに行くのは楽しくないときもあります。
2. 山の草花を取ることは、禁止されています。
3. 子供たちに、山道の草花を取らないように注意しなければなりません。
4. 子供より大人のほうが草花を取っていたのは、残念なことです。

3ページの「何を考えた」の内容に合っているのは __4__ 番 です。

★★★ 注意する表現

・～（ん）じゃない　　・～（ん）じゃないでしょうか

会話1

正しい方に○をつけてください。

女の人は、パクさんが日本語が {（　）上手だ / （　）上手ではない} と言っている。

会話2

正しい方に○をつけてください。

女の人は、パクさんが日本語が {（　）上手だ / （　）上手ではない} と言っている。

会話3

正しい方に○をつけてください。

女の人は、田中さんが {（　）もう帰った / （　）まだ帰っていない} と言っている。

会話4

正しい方に○をつけてください。

女の人は、ワープロを {（　）使ってもいい / （　）使ってはいけない} と言っている。

※テープの内容（スクリプト）は次のページにあります。

スクリプト

会話を聞いて、質問に答えてください。答えは、本誌5ページを見て、正しい方に○をつけてください。

会話1

女：パクさん、日本語まだまだだって言ってたけど、やっぱり上手じゃないね。

男：ええ…。

▶女の人は、パクさんが日本語が上手だと言っていますか、上手ではないと言っていますか。

会話2

女：パクさん、日本語まだまだだって言ってたけど、上手じゃない。

男：そうですか。

▶女の人は、パクさんが日本語が上手だと言っていますか、上手ではないと言っていますか。

会話3

男：田中さんは。

女：帰ったんじゃない。

▶女の人は、田中さんがもう帰ったと言っていますか、まだ帰っていないと言っていますか。

会話4

男：このワープロ、使ってもいいかなあ。

女：いいんじゃないでしょうか。

▶女の人は、ワープロを使ってもいいと言っていますか、いけないと言っていますか。

答え▶ **会話1** 上手ではない　**会話2** 上手だ
会話3 もう帰った　**会話4** 使ってもいい

第1部

対策トレーニング

対策ポイント1 必要なことだけを聞く

質問で「必要なことは何か」を聞き取り、本文でその部分を特に注意して聞きます。

練習 テープを聞いて＿＿＿＿に書いてください。

男の人と女の人が話しています。女の人は＿＿＿＿＿＿＿＿＿＿＿＿＿＿のですか。

男：会社やめるんだって。いつ。

女：＿＿＿＿＿＿＿＿＿＿＿＿＿＿＿＿＿＿＿＿＿。

男：いったいどうしたんだよ。＿＿＿＿＿＿＿＿＿＿＿でもしたのか。

女：＿＿＿＿＿＿＿＿＿＿＿わよ。うちの会社、＿＿＿＿＿＿＿＿＿＿＿＿＿

　　じゃない。だから…。

男：疲れちゃったんだね。

女：う〜ん、まあ、精神的にね。

男：で、これからどうするつもり。

女：＿＿＿＿＿＿＿＿＿＿＿＿＿＿＿かな、と…。

男：ま、それもいいんじゃない。

▶女の人は＿＿＿＿＿＿＿＿＿＿＿＿＿＿のですか。

---

1. ＿＿＿＿＿＿＿＿＿がうまくいかないからです。
2. 今月末に＿＿＿＿＿＿＿＿＿＿予定だからです。
3. ＿＿＿＿＿＿＿＿＿＿＿＿だからです。
4. ＿＿＿＿＿＿＿＿＿＿＿＿＿＿＿なったからです。

〈問題を解く手順〉

1 **質問を聞く** 「聞かなければならないこと」は何ですか。○をつけてください。
なに（事・物）　いつ（時）　どこ（場所）　だれ（人）　なぜ（理由）
どうやって（方法）　どうなった（結果）

2 **本文を聞く** 「聞かなければならないこと」以外に、いろんなことを言っています。
その中から、必要な内容を聞き取ってください。
答えになる内容は、どの部分ですか。○をつけてください。

（　）「今月いっぱいで」
（　）「課長とけんかでもしたのか」
（　）「無理な仕事ばかりさせるじゃない」
（　）「旅行にでも行こうかな、と」
（　）「それもいいんじゃない」

3 **もう一度質問を聞く** 「聞かなければならないこと」をもう一度確認してください。

4 **選択肢を聞く** 選択肢は4つあります。
本文のことばがそのまま使われていない場合もあります。「言い換えたらどうなるか」も考えてください。
本文の「無理な仕事ばかりさせる」は、左ページの選択肢の中のどれですか。

➔答えは　__3__　番となります。

※テープの内容（スクリプト）は次のページにあります。

スクリプト

男の人と女の人が話しています。女の人はどうして会社をやめるのですか。

男：会社やめるんだって。いつ。
女：今月いっぱいで。
男：いったいどうしたんだよ。課長とけんかでもしたのか。
女：そんなんじゃないわよ。うちの会社、**無理な仕事ばかりさせる**じゃない。だから…。
男：疲れちゃったんだね。
女：う～ん、まあ、精神的にね。
男：で、これからどうするつもり。
女：旅行にでも行こうかな、と…。
男：ま、それもいいんじゃない。

▶女の人はどうして会社をやめるのですか。

1. 人間関係がうまくいかないからです。
2. 今月末に旅行に行く予定だからです。
3. 仕事が大変だからです。
4. 体の調子が悪くなったからです。

それでは問題をやってみましょう。

問題 1

①質問を聞いて➜「聞かなければならないこと」を下から選んで○をつけてください。
なに（事・物）　いつ（時）　どこ（場所）　なぜ（理由）
どうやって（方法）　どうなる（予測）

②本文を聞いて➜答えになる内容はどの部分ですか。下から選んで○をつけてください。
（　）「あしたは久しぶりに青空が広がるでしょう」
（　）「雨を降らせる前線が再び近づいてきます」
（　）「天気が崩(くず)れるのはあさって以降になりそうです」
（　）「あしたの昼過ぎから北の風が強まるもようですので、気温も下がってきそうです」

③もう一度質問を聞いて➜①を確認してください。

④選択肢を聞いて➜②で○をつけた内容はほかのことばで言うと何ですか。
青空が広がる＝晴れる

答えは何番ですか ＿＿＿＿＿ 番

スクリプト

問題 1　テレビの天気予報を聞いてください。東京のあしたの天気はどうなりますか。

東京はずっと雨の日が続きましたが、**あした**は**久しぶりに朝から青空が広がる**でしょう。西の方からは雨を降らせる前線が再び近づいてきますが、天気が崩れるのはあさって以降になりそうです。あしたの昼過ぎから北の風が強まるもようですので、気温も下がってきそうです。

▶ 東京のあしたの天気はどうなりますか。

1. 雨です。
2. 晴れです。
3. 晴れのち雨です。
4. 雨のち晴れです。

▶ 2

問題 2

①質問を聞いて➜「聞かなければならないこと」を下から選んで○をつけてください。

なに（事・物）　　いつ（時）　　どこ（場所）　　だれ（人）

何のために（目的）　　どうなった（結果）

②本文全体を聞いて➜答えになる内容は、どの部分ですか。下から選んで○をつけてください。

（　　）「去年の10月に買ったんです」

（　　）「村の予算で買ったんです」

（　　）「３分の１は各家庭の負担です」

（　　）「お年寄りは老化防止になるって喜んでいます」

（　　）「子供の勉強にも役に立っています」

（　　）「情報が入るのが遅くて、不便なことが多かったんです」

（　　）「意識は高くなっています」

③もう一度質問を聞き、選択肢を聞いてください。

答えは何番ですか ＿＿＿＿＿ 番

スクリプト

問題 2　男の人と女の人が話しています。家庭にコンピューターを置いたのは何のためですか。

女：今日のお客様は山中村の松田さんです。松田さん、松田さんの村では各家庭にコンピューターがあるそうですね。いつごろから使ってるんですか。

男：去年の10月に買ったんです。

女：それぞれの家庭で買ったんですか。

男：いいえ、村の予算で買ったんですよ。でも、全額村で出すのは無理だったので、3分の1は各家庭の負担です。税金の無駄遣いだという人もいたんですが、今はみんな満足しています。お年寄りは老化防止になるって喜んでいますし、子供の勉強にも役に立っていますよ。

女：お年寄りと子供のために、コンピューターを置くことにしたんですか。

男：**そういうわけではないんです。都会から離れていると、情報が入るのが遅くて、不便なことが多かった**んです。**うちの村ではテレビも3局しか映りません**から。

女：あ、なるほど。何といっても**今は情報化社会です**からね。それで、その効果はどうなんですか。

男：そうですね。目に見えてとまではいきませんが、意識は高くなっていますよ。

▶ 家庭にコンピューターを置いたのは何のためですか。

1. 村の予算の3分の1を有効に使うためです。
2. お年寄りの老化を防止するためです。
3. テレビがよく映るようにするためです。
4. 情報を早く取り入れるためです。

▶ 4

問題 3 メモを取りながら聞きましょう。

①質問を聞いて➜「聞かなければならないこと」は何ですか。

②本文全体を聞いて➜答えになる内容はどの部分ですか。

いつ

どこへ

何日間

③もう一度質問を聞き、選択肢を聞いてください。

答えは何番ですか ＿＿＿＿＿ 番

スクリプト

問題 3　男の人と女の人が話しています。女の人は夏休みにどこへ何日旅行しますか。

男：夏休み、どうするの。いつ休むか、10日までに部長に休暇届ださなくちゃいけないんだよね。

女：私は**8月に2週間休む**つもり。

男：え、2週間も。海外旅行にでも行くの。

女：そうなの。自然に恵(めぐ)まれた場所でのんびりしたいと思って。

男：へえ、どこへ。オーストラリア。

女：オーストラリアは人気があり過ぎて、もういっぱいだったの。それで、**カナダ**。

男：いいなあ。たしか去年はハワイへ行ったんだよね。

女：ええ、だから今年は北の方ってことで。

男：**2週間の夏休み全部使って行くの。**

女：**いいえ、半分よ。**後はうちでのんびりするわ。

▶ 女の人は夏休みにどこへ何日旅行しますか。

1. オーストラリアとカナダへ1週間ずつ旅行します。
2. カナダとハワイへ1週間ずつ旅行します。
3. カナダへ1週間旅行します。
4. カナダへ2週間旅行します。

▶ 3

問題 4 メモを取りながら聞きましょう。

①質問を聞いて➜「聞かなければならないこと」は何ですか。

②本文全体を聞いて➜答えになる内容はどの部分ですか。

大学卒業 ➜ ➜ ➜

➜

③もう一度質問を聞き、選択肢を聞いてください。

答えは何番ですか ＿＿＿＿＿ 番

スクリプト

問題 4　女の人が仕事について話しています。女の人は今、何をしていますか。

私は10年間身をおいた出版社をやめ、それ以来５年間英語の教師をしています。実は、大学を卒業したばかりのころ、塾で子供に英語を教えていたこともあるんですが、そのころ、声をかけられてモデルの仕事を始めました。テレビのコマーシャルに出たこともあるんですよ。ところが、そういう仕事は私には合わなかったんですよね。そんな時、先輩の誘いで出版社で仕事をすることになったんです。でも、残業が多く、時間も不規則で、**結局もとの仕事に戻ってしまいました。**

▶ 女の人は今、何をしていますか。

1. 出版社に勤めています。
2. 英語の先生をしています。
3. モデルをしています。
4. テレビのコマーシャルに出ています。

▶ 2

問題 5 メモを取りながら聞きましょう。

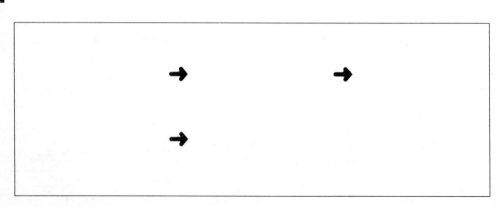

→　　→

→

答えは何番ですか ＿＿＿＿ 番

スクリプト

問題5　母と娘が話しています。娘は学校が終わってから何をしますか。

娘：ああ、今日は忙しいなあ。**学校へ行ってから、夜はバイト。その前にピアノの先生のところにも行かなきゃならない**し。

母：じゃあ、今日はおそくなるのね。

娘：うん。バイトのあとで飲もうって話もあるんだけど、今日はやめとくわ。

母：そうよ。そうしなさい。

娘：あっ、そうだ。忘れてた。今日は1、2時間目、休講なんだ。じゃ、**先にピアノに行っちゃおう。**

母：まったく…せっかちなんだから。

▶ 娘は学校が終わってから何をしますか。

1. アルバイトに行きます。
2. アルバイトのあとピアノの先生のところに行きます。
3. アルバイトの前にピアノの先生のところに行きます。
4. アルバイトのあと飲みに行きます。

[redacted] ▶ 1

対策ポイント2 一番「言いたいこと」を探す

いろいろなことを言っている中から、質問の答えとして一番適切なものを聞き取ります。

練習 テープを聞いて＿＿＿＿に書いてください。

男の人と女の人が話しています。女の人は＿＿＿＿＿＿＿＿＿＿＿＿のですか。

男：会社、やめたんだって。
女：うん、＿＿＿＿＿＿＿＿＿＿＿＿＿＿。
男：きみ、＿＿＿＿＿＿＿＿＿＿＿＿＿＿＿＿って言ってたよね。
女：うん…。でも、それより＿＿＿＿＿＿＿＿＿＿＿＿＿＿＿＿でね。
男：どうしたの。
女：＿＿＿＿＿＿＿＿＿＿＿＿＿＿＿＿なって…。
男：あ、それで。
女：そうなの。やっぱり＿＿＿＿＿＿＿＿＿＿＿＿＿じゃない、だから…。
＿＿＿＿＿＿＿＿に頼むのは、＿＿＿＿＿＿＿＿＿だからね。
＿＿＿＿＿＿＿＿で大変だし。
男：そうかあ…。

▶女の人は＿＿＿＿＿＿＿＿＿＿＿＿＿のですか。

---

1. 今の仕事が＿＿＿＿＿＿＿＿＿＿＿＿＿からです。
2. ＿＿＿＿＿＿＿＿＿＿＿をしなければならないからです。
3. ＿＿＿＿＿＿＿＿＿＿＿忙しい仕事が終わったからです。
4. ＿＿＿＿＿＿＿＿＿＿＿が病気だからです。

〈問題を解く手順〉

1 **質問を聞く** 「聞かなければならないこと」は何ですか。

➜ ［　　　　　　　　　　］

2 **本文を聞く** いろいろなことを言っていますが、質問の答えとして一番正しいものは、どれですか。○をつけてください（1つとは限りません）。

答えになる内容は、どの部分ですか。○をつけてください。

（　）「忙しい仕事」
（　）「家庭の事情」
（　）「母の病気」
（　）「私が見ないといけないじゃない」
（　）「子供のことで大変だし」

3 **もう一度質問を聞く** 「聞かなければならないこと」をもう一度確認してください。

4 **選択肢を聞く** 選択肢は4つあります。
本文のことばがそのまま使われていない場合もあります。「言い換えたらどうなるか」も考えてください。
本文の「家庭の事情」「母の病気」「私がみないといけないじゃない」は、左ページの選択肢の中のどれですか。

➜答えは ＿2＿ 番となります。

※テープの内容（スクリプト）は次のページにあります。

スクリプト

男の人と女の人が話しています。女の人はどうして会社をやめたのですか。

男：会社、やめたんだって。
女：うん。先月いっぱいで。
男：きみ、ずいぶん忙しい仕事してるって言ってたよね。
女：うん…。でも、それより**家庭の事情**でね。
男：どうしたの。
女：**母の病気が悪くなって**…。
男：あ、それで。
女：そうなの。やっぱり、**娘のわたしがみないといけない**じゃない、だから…。
　　兄たちに頼むのは、ちょっと無理だからね。子供のことで大変だし。
男：そうかあ…。

▶女の人はどうして会社をやめたのですか。

1. 今の仕事が忙しすぎるからです。
2. お母さんの看病をしなければならないからです。
3. 先月いっぱいで忙しい仕事が終わったからです。
4. お兄さんたちの子供が病気だからです。

それでは問題をやってみましょう。

問題 1

①質問を聞いて➜「聞かなければならないこと」のメモを取ります。

②本文を聞いて➜答えと直接関係があるのはどの部分ですか。下から選んで○をつけてください（1つとは限りません)。

(　　)「夜、なかなか眠れない」
(　　)「ずいぶん課長にしかられてた」
(　　)「会社やめて独立しようか」
(　　)「いろいろ考えちゃって」

③もう一度質問を聞いて➜①の「聞かなければならないこと」をもう一度確認してください。

④選択肢を聞いてください。

答えは何番ですか ＿＿＿＿＿ 番

スクリプト

問題1　男の人と女の人が話しています。男の人の様子が変なのはどうしてですか。

女：最近、どうしたの。ちょっと様子が変じゃない。みんな、病気じゃないかって心配してるわよ。
男：え、病気。う～ん、そう言えなくもないかもしれないな。夜、なかなか眠れないし。
女：いったいどうしたの。この前、ずいぶん課長にしかられてたわよね。
男：あれは、ちょっとショックだったけど、しかられるのは慣れてるよ。
女：それもそうね。じゃあ、どうしたの。
男：う～ん、ここだけの話だけど、**会社やめて独立しようかと思ってる**んだ。
女：あ、そうだったの。
男：知人と二人で経営するんだけど、**資金のことやら、経営方法やら、どんな人を雇（やと）うかやら、いろいろ考えちゃって。**
女：そうか、それで何だか上（うわ）の空みたいに見えたのね。
男：まだ公表する段階じゃないから、みんなには病気で体調が悪いらしいとでも言っておいてよ。
女：わかったわ。

▶男の人の様子が変なのはどうしてですか。

1. 病気で夜寝られないからです。
2. 課長にしかられたからです。
3. 独立のことで頭を悩ませているからです。
4. 病気で体調が悪いからです。

答え▶ 3

問題 2

①質問を聞いて➜「聞かなければならないこと」のメモを取ります。

②本文を聞いて➜答えと直接関係があるのはどの部分ですか。下から選んで○をつけてください。

(　　) 男「味はどう」→女「悪くはない」

(　　) 男「込み過ぎているか」→女「外へ行くより早い」

(　　) 女「飽きちゃう」

(　　) 女「安くすむ」

③もう一度質問を聞き、選択肢を聞いてください。

答えは何番ですか ________ 番

スクリプト

問題2　女の人がインタビューに答えています。女の人は、社員食堂についてどうしてほしいと思っていますか。

男：お食事中すみません。社員食堂について、何か意見を聞かせてください。
女：え…別に…ありませんけど。
男：社員の方に満足していただける食堂にしたいので…。どんなことでもいいんですから。味はどうですか。
女：まあ、悪くはないんじゃないですか。
男：よく、込み過ぎるって言われるんですが。
女：でも、ちょっと待てば、すぐ座れますから。外へ行くより早いんじゃないかしら。
男：そうですか。外へ食べに行くこともあるんですか。
女：ええ、**カレーとラーメンと定食だけじゃ、飽きちゃいますから**。あ、そうですね。**それが改善されれば、**毎日社員食堂で食べたほうが安くすむし、**うれしい**ですね。

▶女の人は、社員食堂について、どうしてほしいと思っていますか。

1. 値段を安くしてほしい。
2. 味を良くしてほしい。
3. メニューを増やしてほしい。
4. 込まないようにしてほしい。

➡ 3

問題 3 メモを取りながら聞きましょう。

①質問を聞いて➜「聞かなければならないこと」は何ですか。

②本文全体を聞いて➜答えと直接関係があるのはどの部分ですか。

お菓子の材料……

③もう一度質問を聞き、選択肢を聞いてください。

答えは何番ですか ＿＿＿＿＿ 番

スクリプト

問題3　お菓子作りに使う材料について話しています。なくてはならない材料は何ですか。

このお菓子の材料は、小麦粉と**バター**と**砂糖、**それに何と言っても**新鮮な卵**です。ふんわりさせたい時は、卵をしっかり泡立てることが大切です。お好みによって、いろいろなエッセンスを加えてください。上にチェリーなどを飾るとかわいい感じになります。

▶ このお菓子を作るためになくてはならない材料は何ですか。

1. 小麦粉とバターと卵とエッセンス
2. バターとエッセンスとチェリーと卵
3. 小麦粉とバターと砂糖とチェリー
4. 小麦粉とバターと砂糖と卵

▶ 4

問題 4 メモを取りながら聞きましょう。

①質問を聞いて➜「聞かなければならないこと」は何ですか。

②本文全体を聞いて➜答えと直接関係があるのはどの部分ですか。

③もう一度質問を聞き、選択肢を聞いてください。

答えは何番ですか ＿＿＿＿＿ 番

スクリプト

問題 4　男の人と女の人が話しています。二人は、一番の問題点は何だと言っていますか。

女：よかった、間に合って。
男：ぎりぎりセーフだな。あぶなかったよ。
女：早めに出たのにね。こんなに時間がかかるなんて。
男：あそこでおまわりさんに呼び止められそうになったときは、ひやっとしたよな。
女：ほんとよ。あのひどい渋滞(じゅうたい)の中で。ぜんぜん進まないんだもの。いらいらしたわ。
男：君の携帯(けいたい)電話もうるさいし。
女：関係ある。
男：まあ、とにかく**雨の日には車で出かけないほうがいいってこと**じゃない。

▶男の人と女の人は、一番の問題点は何だと言っていますか。

1. 家を早めに出たことです。
2. 警察官に呼び止められたことです。
3. 携帯電話がうるさかったことです。
4. 雨の日に車で出かけたことです。

▶ 4

問題 5 メモを取りながら聞きましょう。

メモ

答えは何番ですか ＿＿＿＿＿ 番

スクリプト

問題 5　塾の教育方針について話しています。一番重要なことは何だと言っていますか。

子供たちは本来だれでも何かに集中する力をもっています。**できる、できるから楽しい、楽しいから夢中になれる。**だからこそ私たちは子供が**自分の力でできる教材から始めます。**時間は短くていいのです。「やった、できた」の喜びを実感する学習の中で、子供たち自身が集中できる時間を徐々にのばしていければいいのです。

▶ 一番重要なことは何だと言っていますか。

1. 初めから長い間集中させることです。
2. できる問題からやらせることです。
3. 授業時間を短くすることです。
4. 遊びの中で学んでいくことです。

▶ 2

対策ポイント3 絵・図のある問題

耳で聞いたことばが絵や図で表されたとき、正しく判断できなければなりません。
①地図　②位置関係　③形状　④人の顔／髪がた／体型　⑤服装についてそれぞれ例題を見て、よく使われる表現を覚えてください。

＊テープを聞いて、テープの内容と合っている絵または図を選んでください。

1.　地図

練習 1

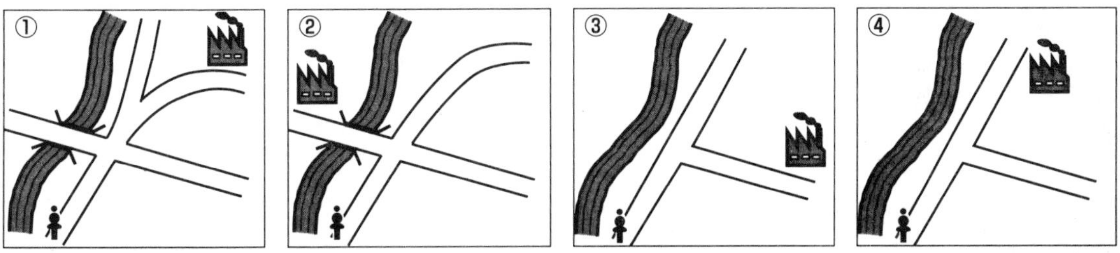

練習 2

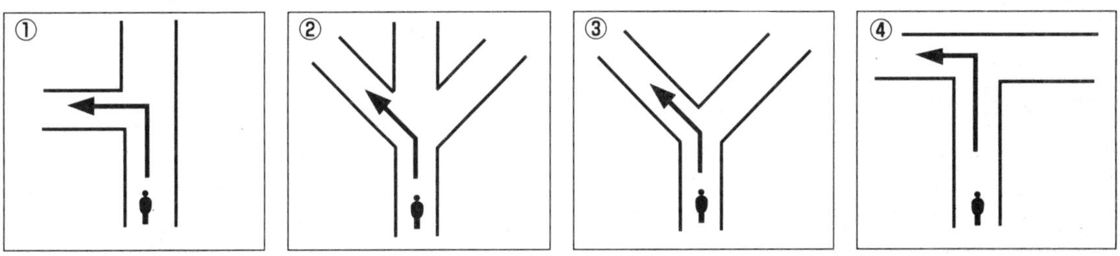

練習 3

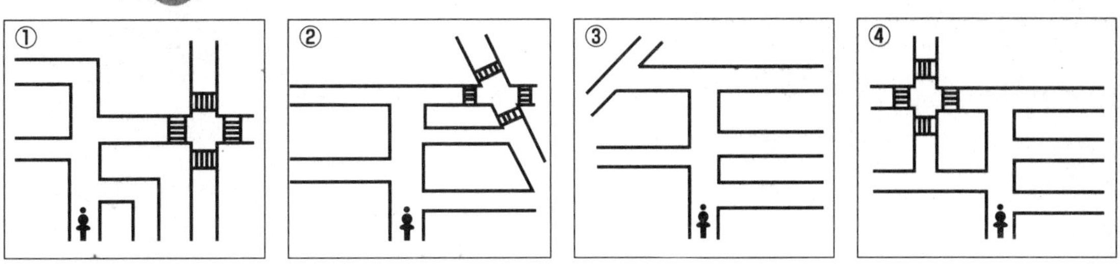

練習 4

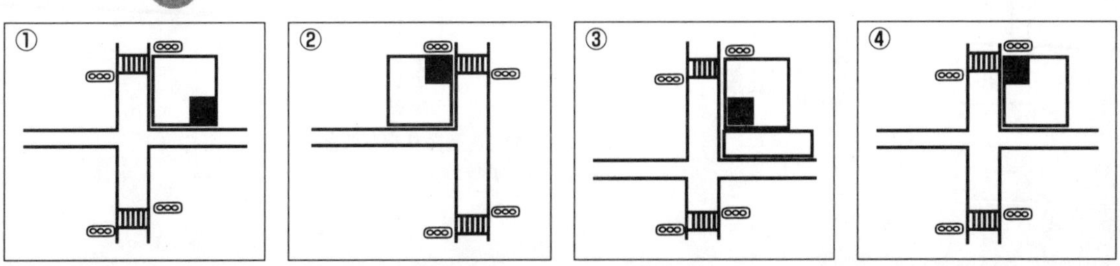

練習 川に沿ってまっすぐ行くと、右側に工場があります。

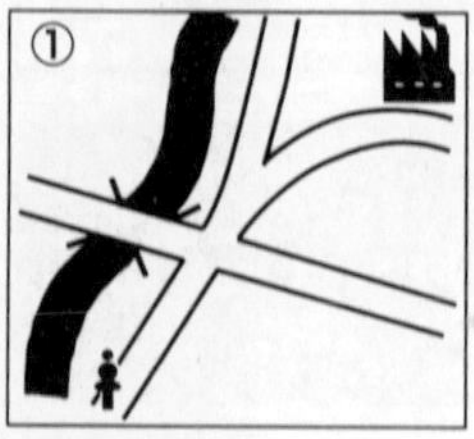

①工場のある道は、川に沿っていません。

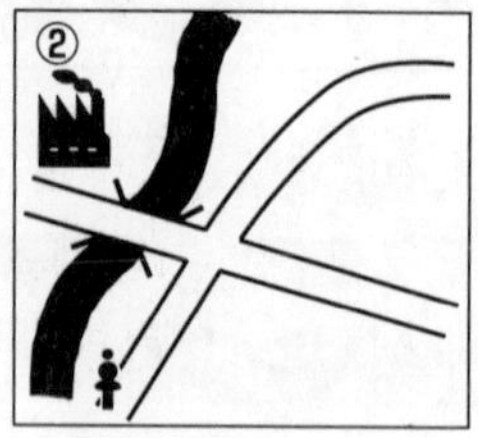

②工場のある道は、川に沿っていません。工場は川の向こうにあります。

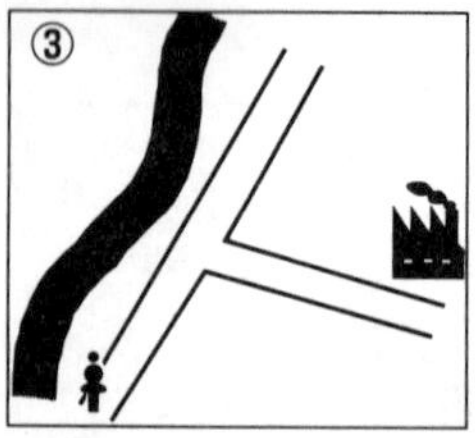

③角を右に曲がると、左側に工場があります。

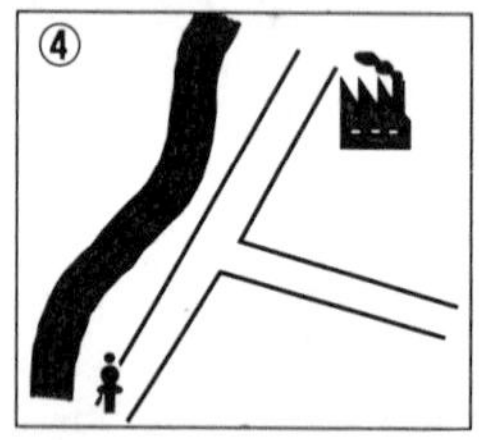

正解

練習 この先で、道が二股（ふたまた）に分かれています。そこを左に曲がってください。

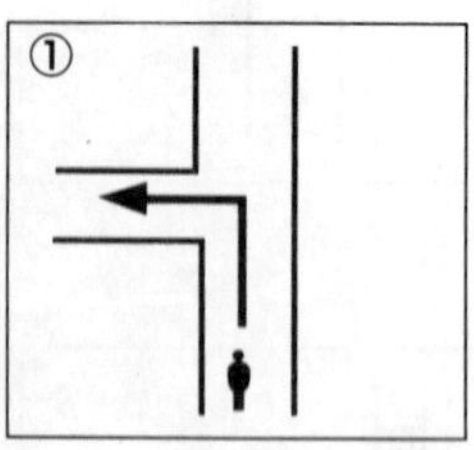

①1つ目の角を左に曲がります。

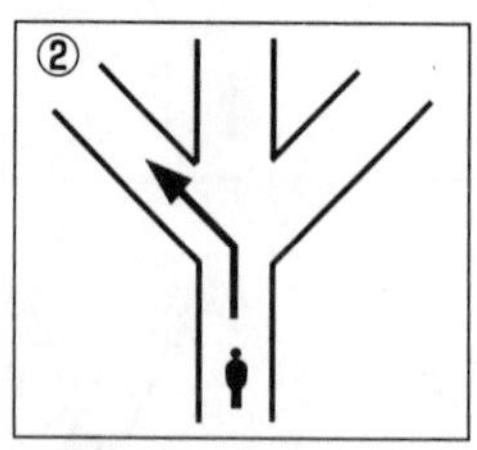

②道が3本に分かれています。

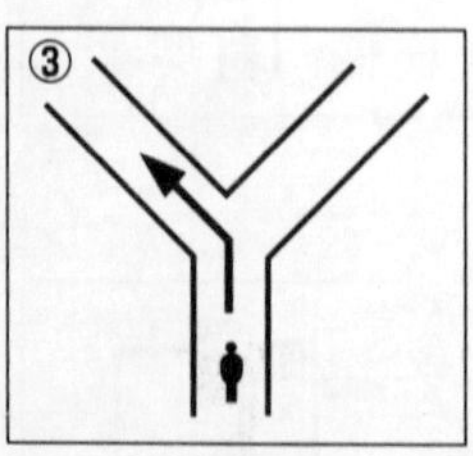

正解

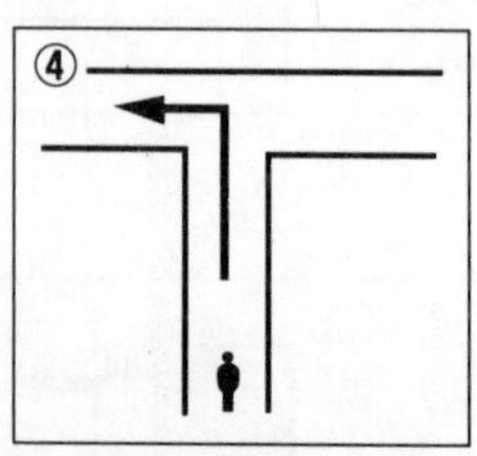

④突き当たりを左に曲がります。

練習 3 突き当たりの手前（てまえ）の道を右に曲がると交差点があります。

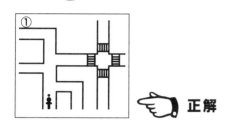

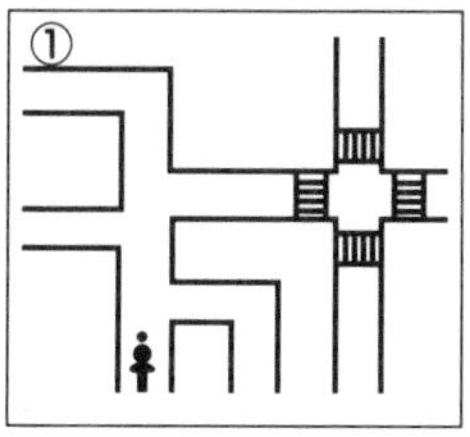

正解

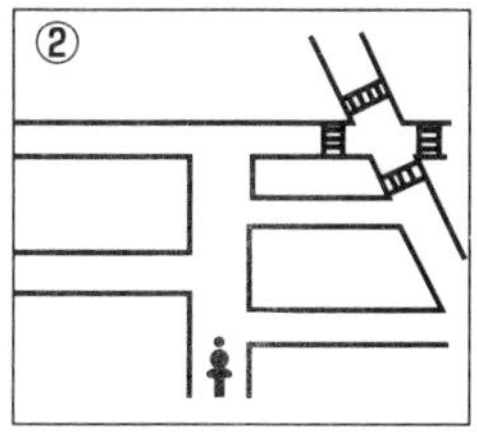

②突き当たりを右に曲がると、交差点があります。

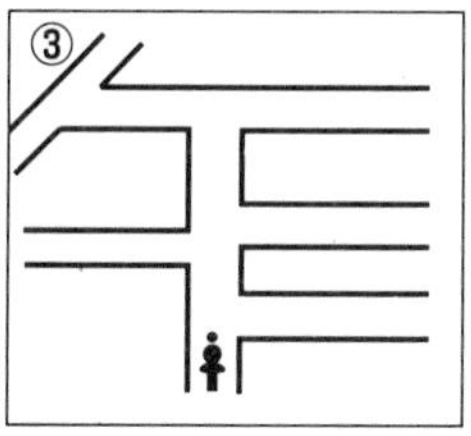

③この地図には、交差点はありません。

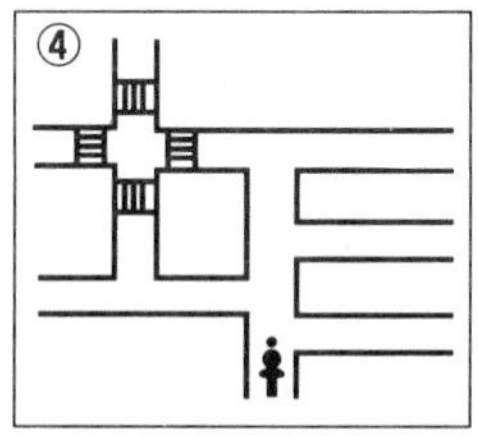

④突き当たりを左に曲がると、交差点があります。

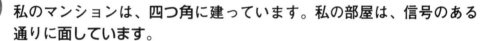

練習 4 私のマンションは、四つ角に建っています。私の部屋は、信号のある通りに面しています。

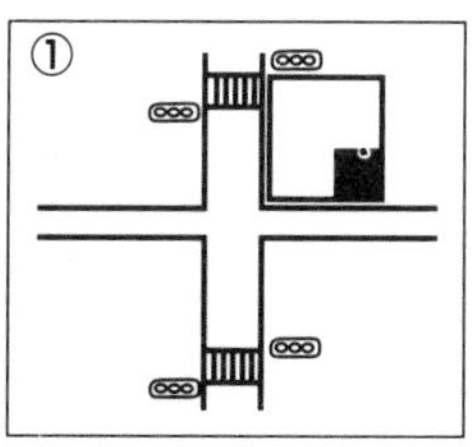

①この部屋は、信号のある通りに面していません。

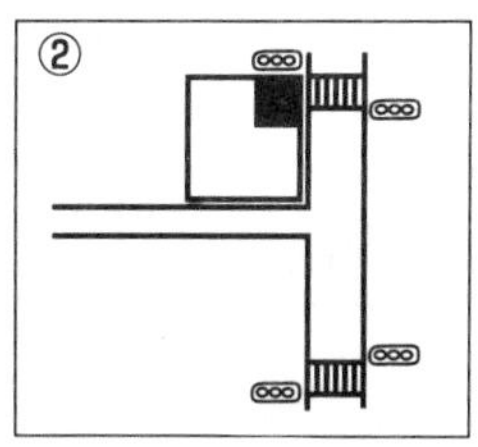

②四つ角ではありません。

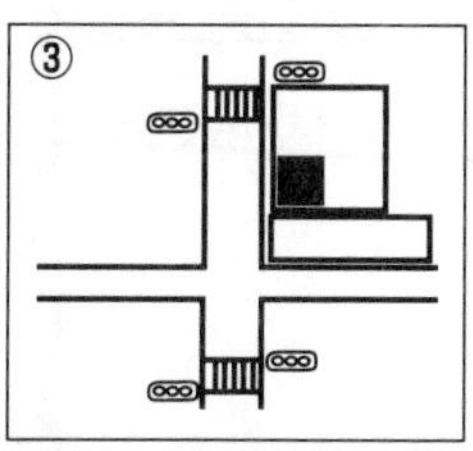

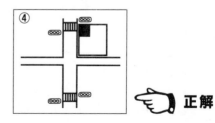

③マンションは四つ角には建っていません。

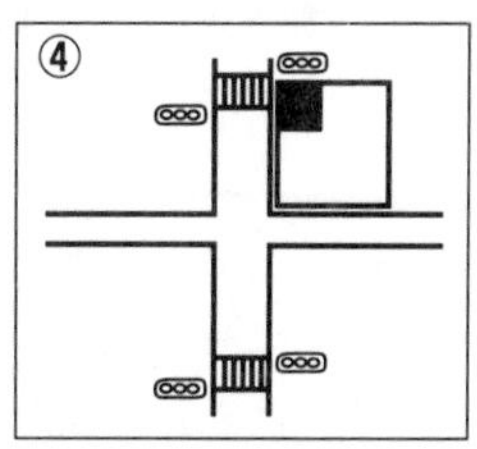

正解

★★★ 役に立つ語彙・表現①

道路の様子：a 十字路(じゅうじろ)、四つ角(よかど)　b T字路　c Y字路　d 突き当たり
e 二股(ふたまた)に分かれている　f バス通り、大通り　g 路地(ろじ)

路上の目印：①信号　②交差点　③歩道橋　④横断歩道
⑤橋　⑥踏(ふ)み切(き)り　⑦バス停

歩き方：A 駅の改札口を出て、すぐ右に曲がり、線路に沿(そ)ってしばらく行くと、バス通りに出ます。

B 駅前の横断歩道を渡って、左に行き、2つ目の角を右に入ります。

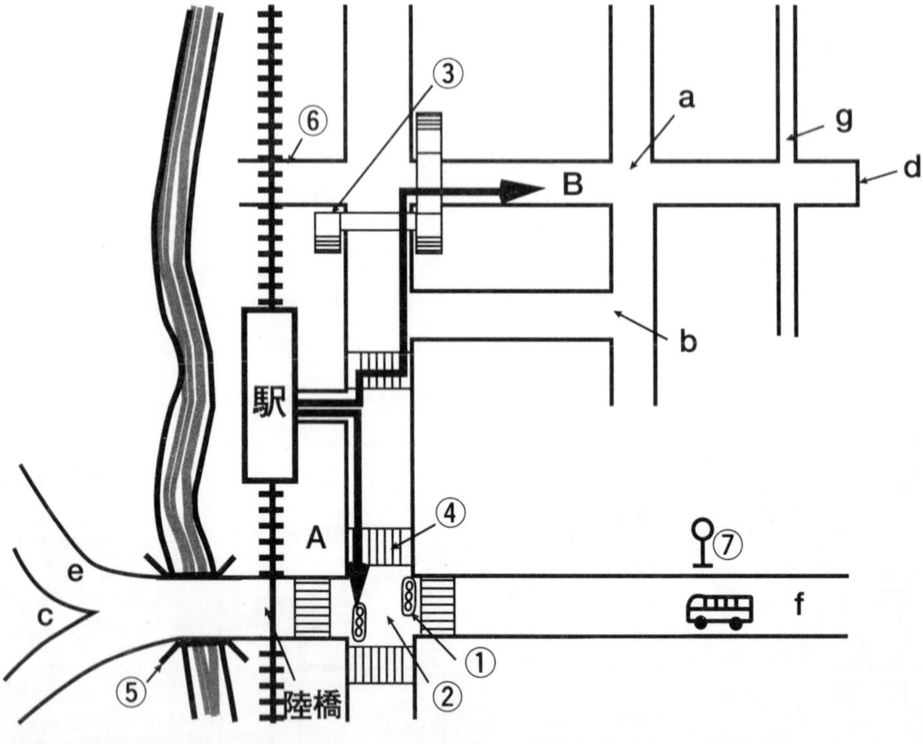

★★★ 役に立つ語彙・表現②

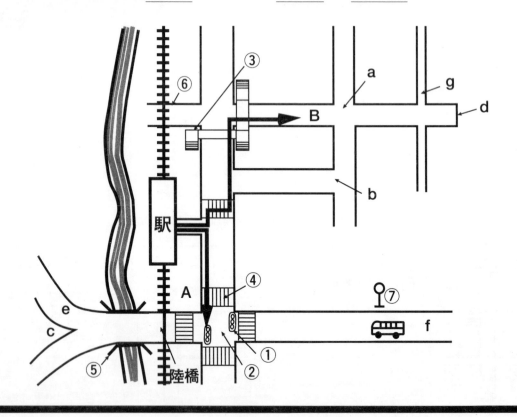

位置関係：・病院は、大通りに面しています。正面にはスーパーがあり、斜(なな)め前には駐車場があります。

・角から3軒目が田中さんのうちです。

・銀行は、スーパーの手前(てまえ)にあります。

・駅は、川の向こう側にあります。

2. 位置関係

練習 1

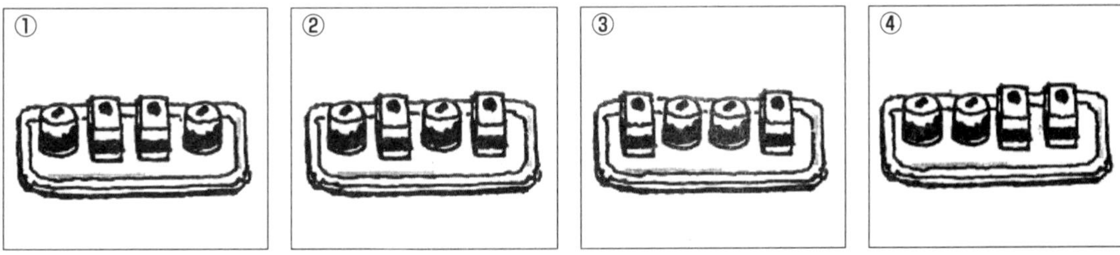

練習 2

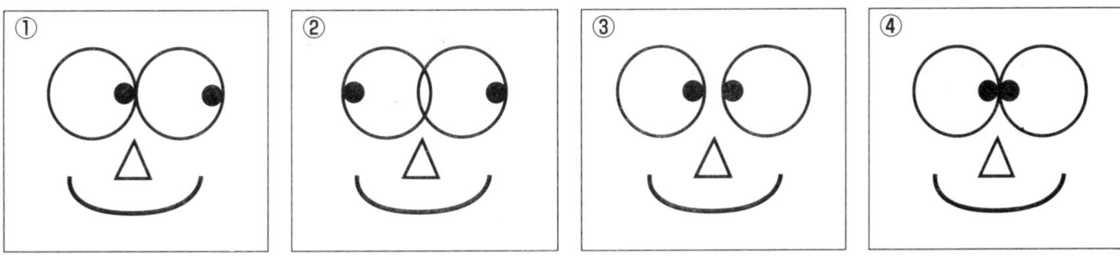

練習 3

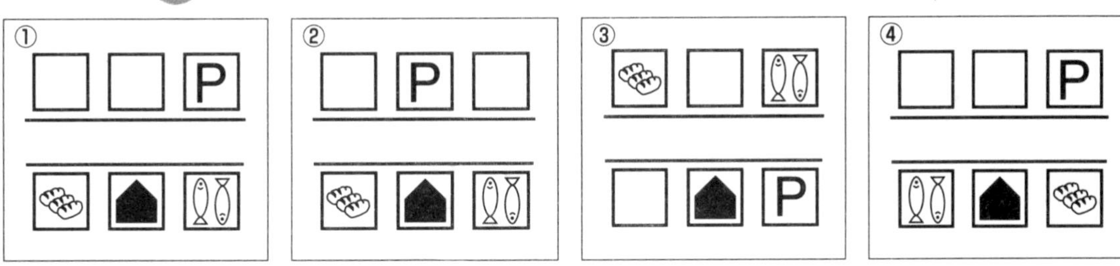

練習 4

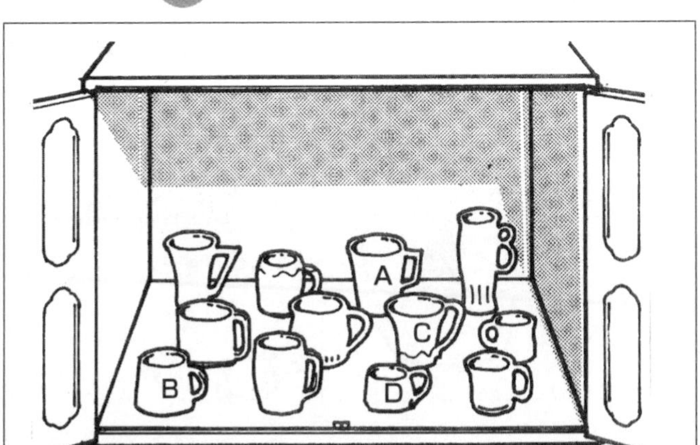

① A

② B

③ C

④ D

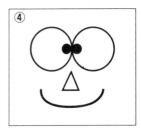

練習 1　丸いケーキと四角いケーキが交互（こうご）に並んでいます。

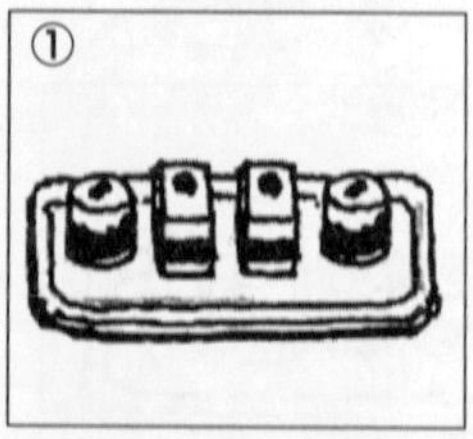

①外側に丸いケーキが１つずつ、内側に四角いケーキが２つ並んでいます。

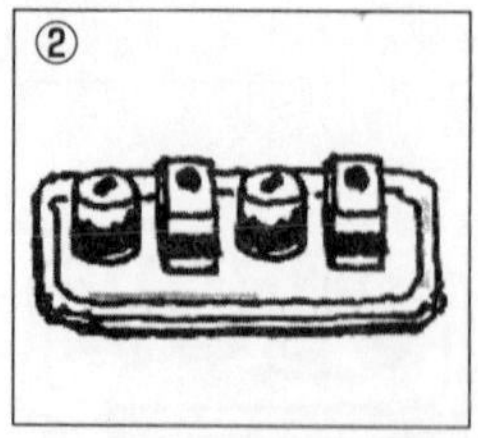

正解

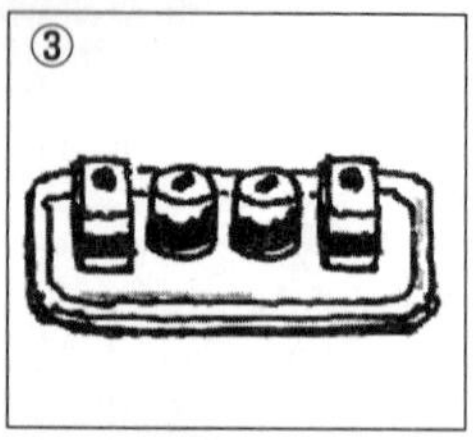

③外側に四角いケーキが１つずつ、内側に丸いケーキが２つ並んでいます。

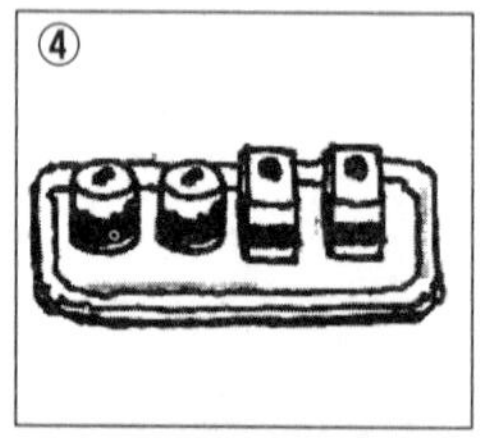

④丸いケーキ２つが左側に、四角いケーキ２つが右側に並んでいます。

練習 2　２つの円は接しています。そして、黒い点はくっついています。

①２つの円は接しています。黒い点は離れています。

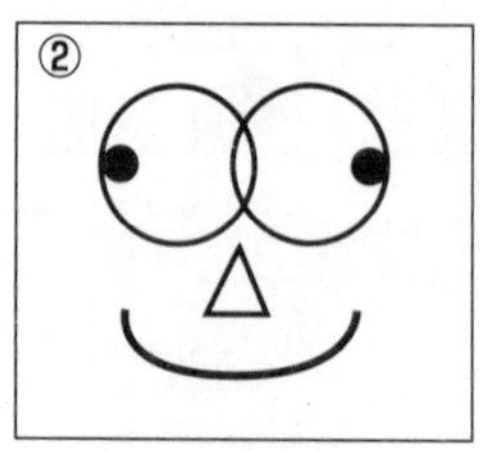

②２つの円は重（かさ）なっています。黒い点は離れています。

③２つの円は離れています。黒い点も離れています。

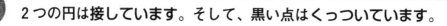

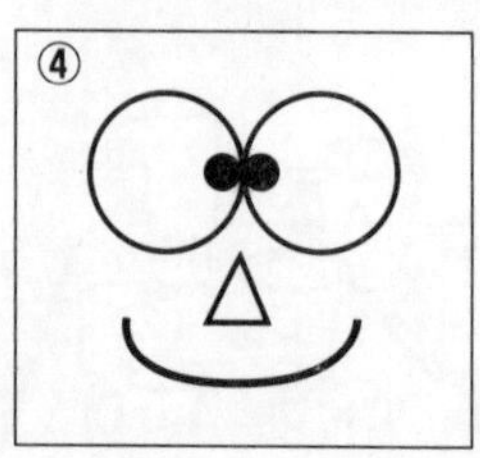

正解

練習 3　私の家は、道路に向かって右隣りに魚屋さん、左にはパン屋さんがあります。そして、斜（なな）め前は駐車場になっています。

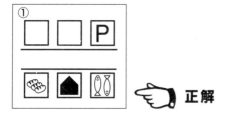

①
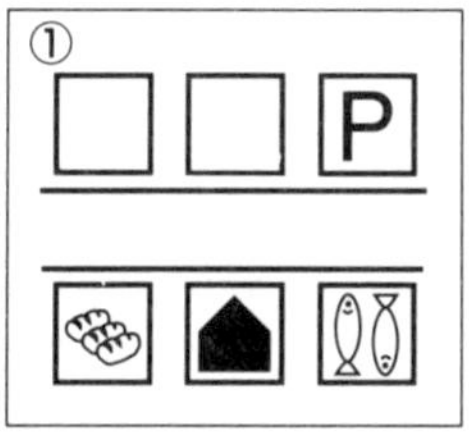

正解

②
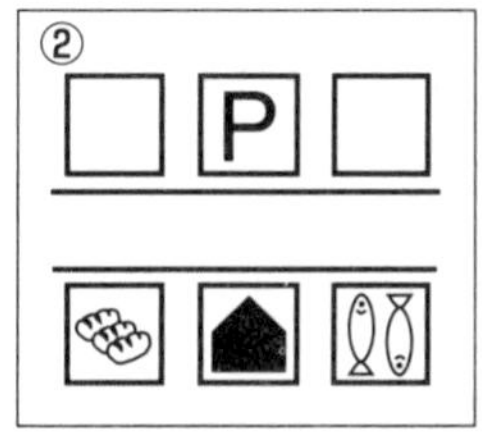

②道路に向かって右隣りに魚屋、左にはパン屋があります。向かいは駐車場になっています。

③
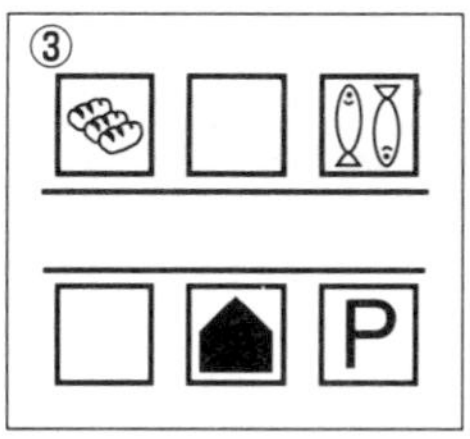

③道路に向かって右隣りに駐車場があります。左斜め前にはパン屋、右斜め前には魚屋があります。

④
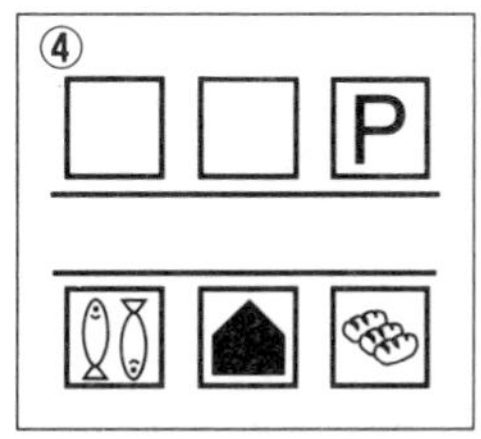

④道路に向かって右隣りにパン屋、左には魚屋があります。斜め前は駐車場になっています。

練習 4　一番奥の右から２つ目が私のカップです。

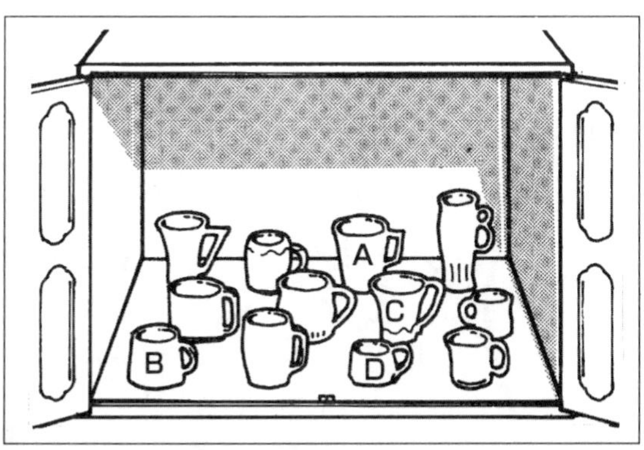

①A　正解

②Bは、手前の列の左端です。

③Cは、真ん中の列の右から２つ目です。

④Dは、手前の列の右から２つ目です。

★★★ 役に立つ語彙・表現①

・男の子と女の子が交互に並んでいます。
・A通りとB通りは平行して走っています。
・A通りとB通りが交（まじ）わっています。
・東京都は北は埼玉県、南は神奈川県と接しています。
・駅を出ると、正面（しょうめん）にデパートがあります。
・401号室は、この部屋の真上（まうえ）です。
・飛行機の窓から外を見ると、真下に美しい湖が見えた。

★★★ 役に立つ語彙・表現②

①くっついている：DさんとEさんはくっついています。
②離れている：HさんとIさんは離れています。
③斜め前：AさんはFさんの斜め前にいます。
④斜め後ろ：GさんはCさんの斜め後ろにいます。
⑤奥：Jさん、Kさん、Lさん、Mさんは、一番奥の列にいます。
⑥手前：Aさん、Bさん、Cさん、Dさん、Eさんは、一番手前の列にいます。

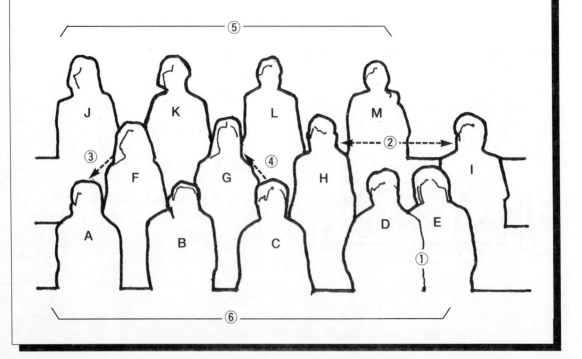

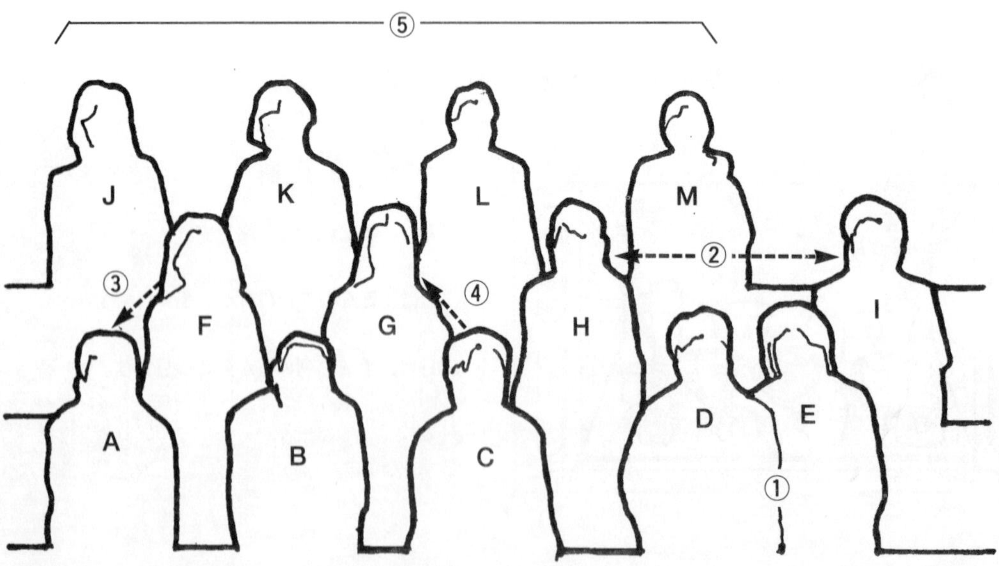

3. 形状

練習 1

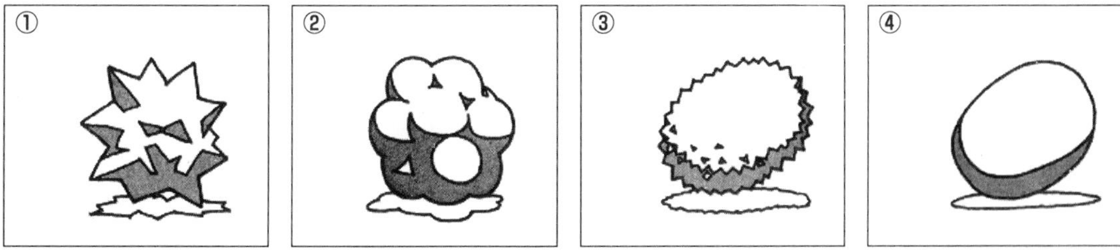

練習 2

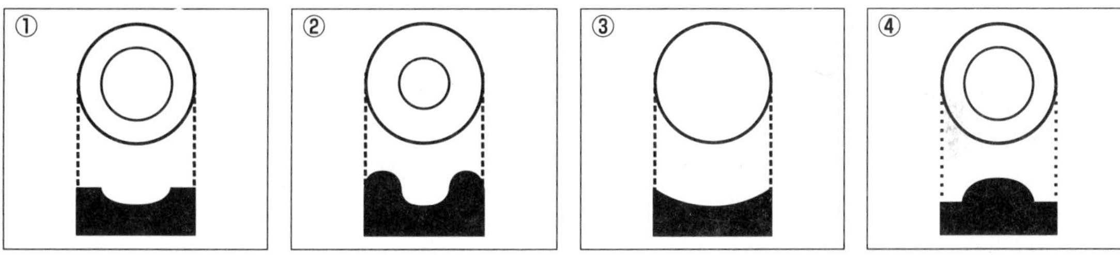

練習 3

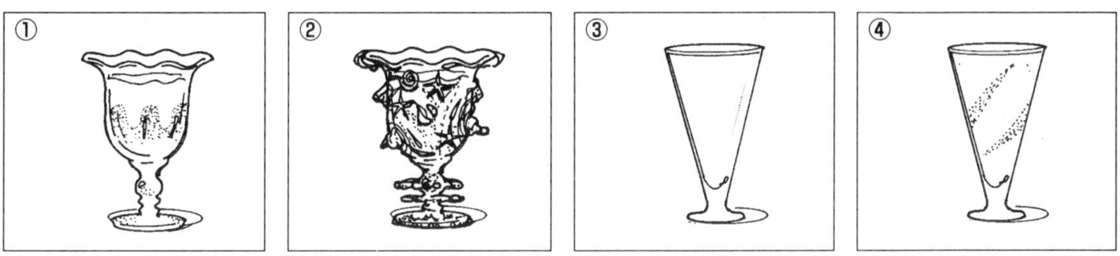

練習 4

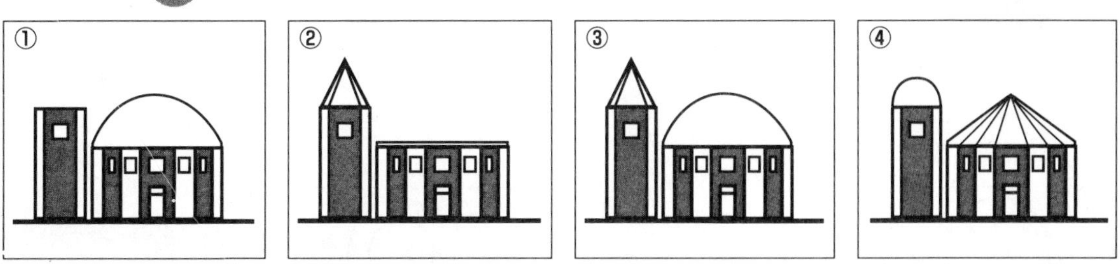

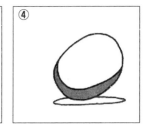

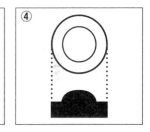

練習 1 丸みを帯(お)びて、周囲がぎざぎざになっています。

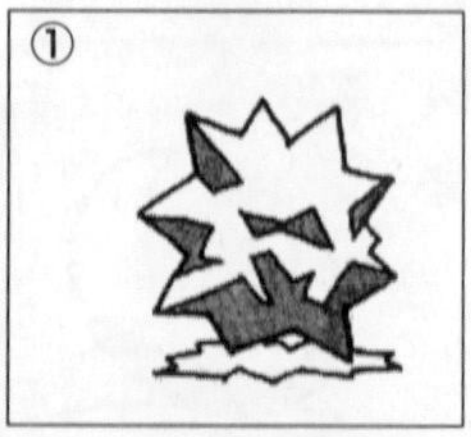

①とがったものがたくさん飛び出しています。

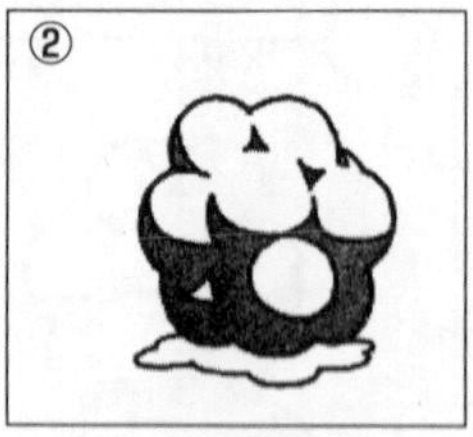

②丸みを帯びています。ぎざぎざがありません。

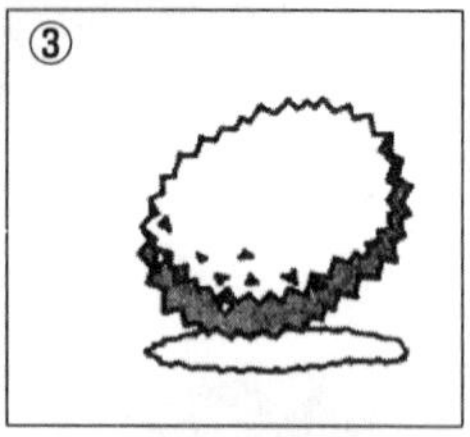

正解

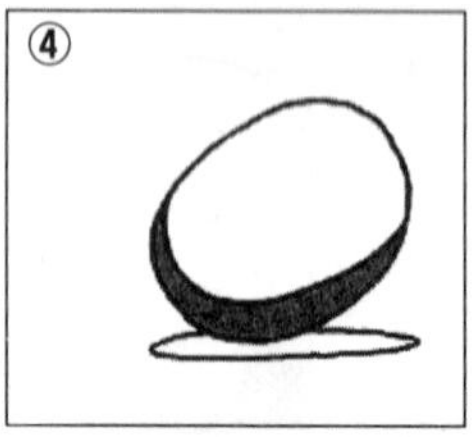

④丸みを帯びて表面がなめらかです。

練習 2 周囲は平(たい)らですが、真ん中はへこんでいます。

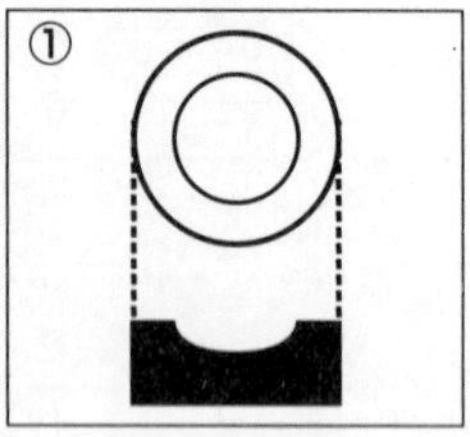

正解

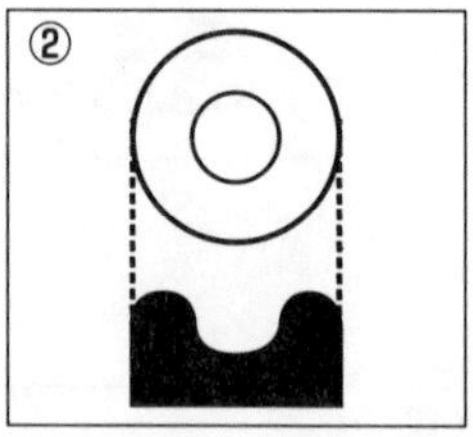

②周囲はふくらんでいますが、真ん中はくぼんでいます。

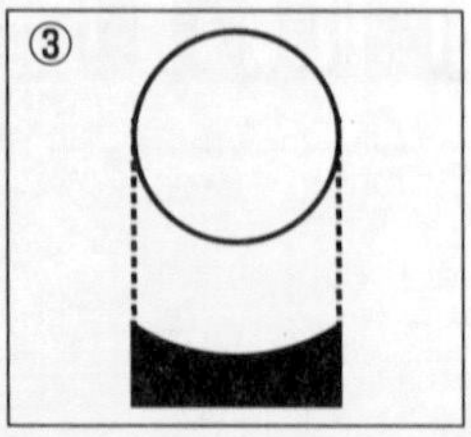

③全体がへこんでいます。

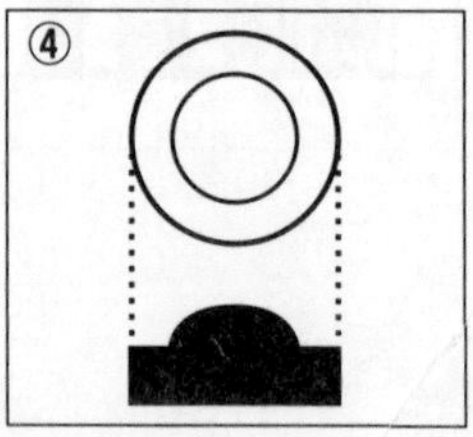

④周囲は平らですが、真ん中はふくらんでいます。

練習　模様がごてごてしていて、すっきりしていません。

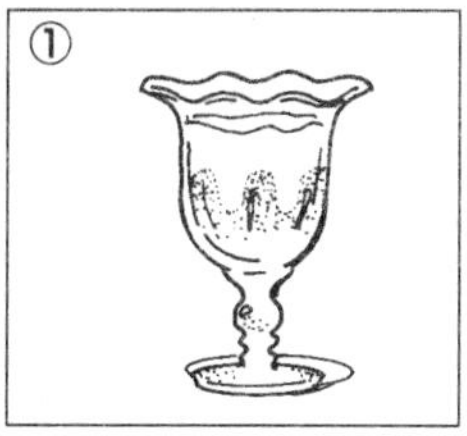

①模様が少しあります。

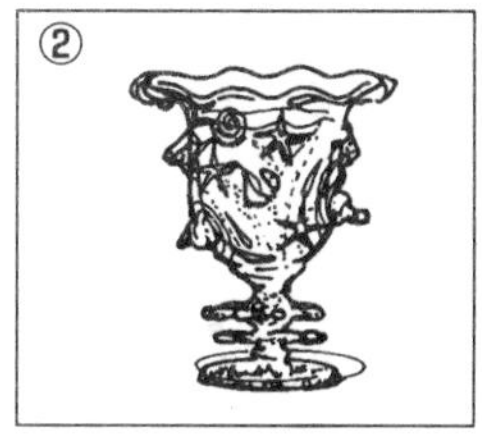

正解

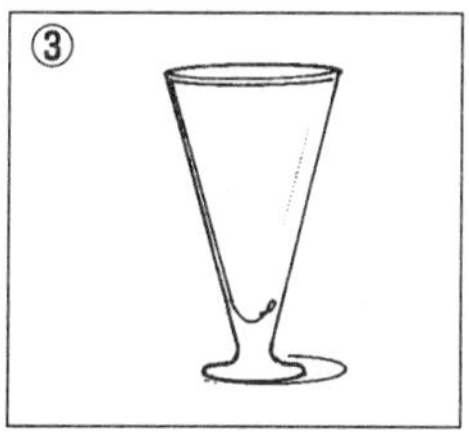

③すっきりした形で、模様がありません。

④すっきりした形で、模様が少しあります。

練習 4　左側の屋根はとがっていて、右側の屋根は丸い形をしています。

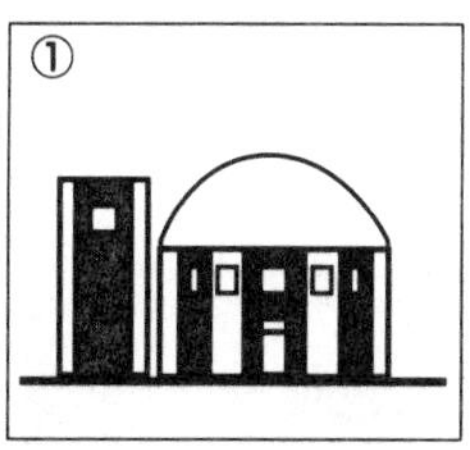

①左側の屋根は平らです。右側の屋根は丸い形をしています。

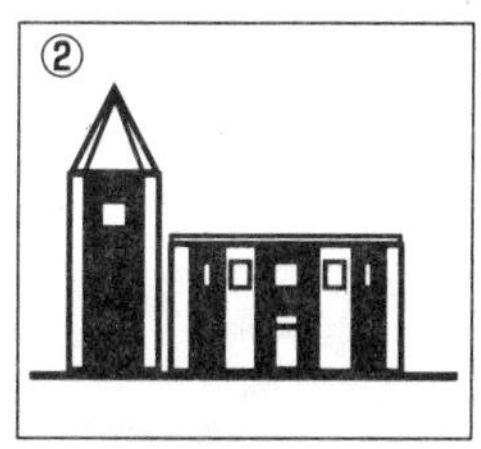

②左側の屋根はとがっています。右側の屋根は平らです。

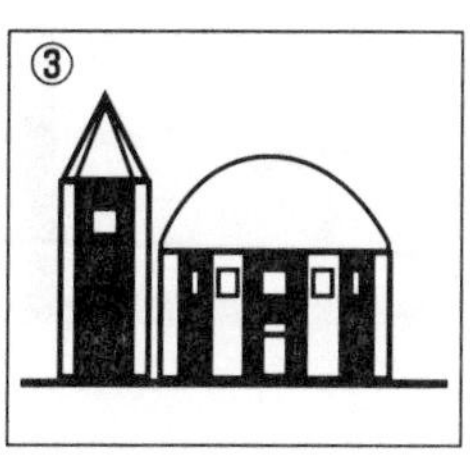

正解

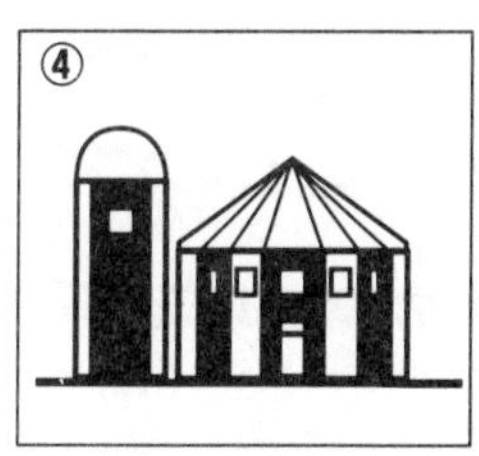

④左側の屋根は丸い形をしています。

★★★ 役に立つ語彙・表現①

・南の方にはなだらかな丘が続いています。
・北の方には高い山々がそびえています。
・この辺りの海岸線は、入り組んでいます。
・海岸線は、切り立った崖（がけ）になっています。
・海岸には岩がごろごろしています。
・急な坂道を上って行くと、眼下（がんか）に町が見下ろせます。

★★★ 役に立つ語彙・表現②

①山の中腹（ちゅうふく）には、ホテルが建っています。
②山のふもとには、たんぼが広がっています。
③海岸には美しい砂浜（すなはま）が広がっています。
④海岸線はゆるやかなカーブを描いています。

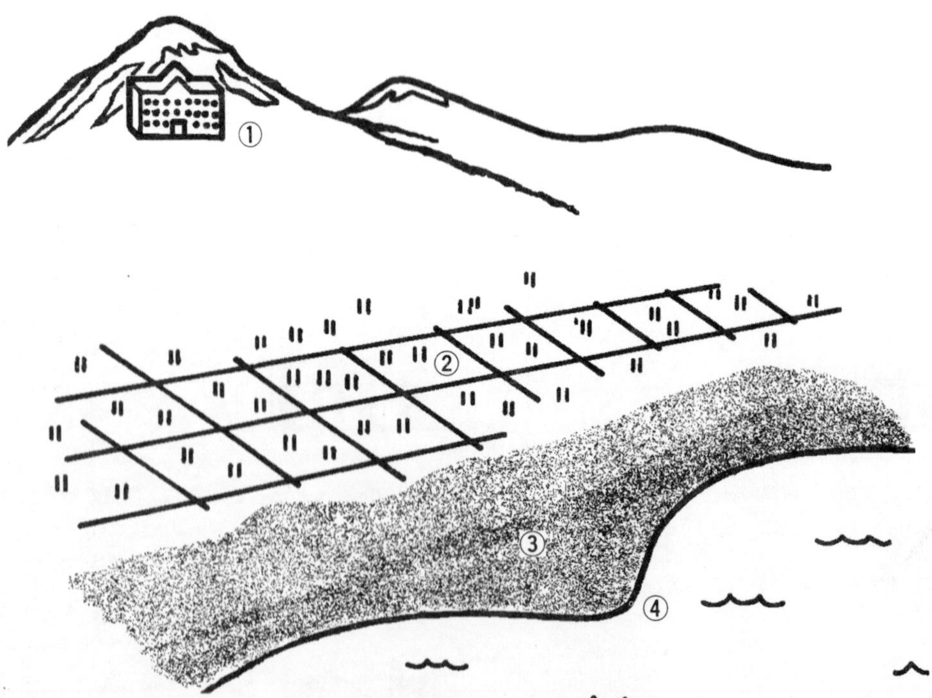

4. 人の顔／髪がた／体型

練習 1

練習 2

練習 3

練習 4

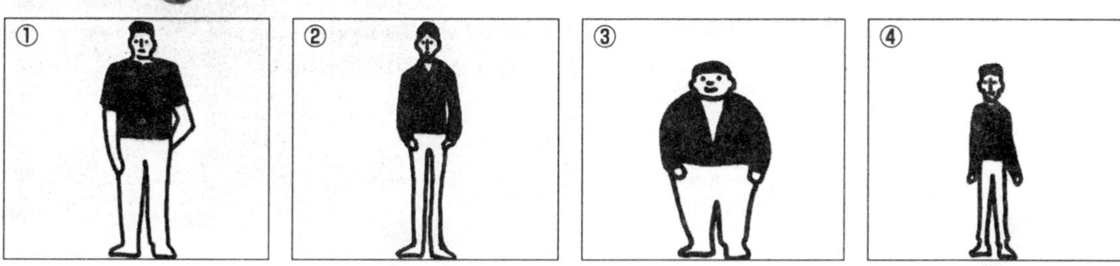

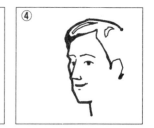

練習 1 まゆ毛が濃（こ）くて、彫（ほ）りの深い顔立ちです。

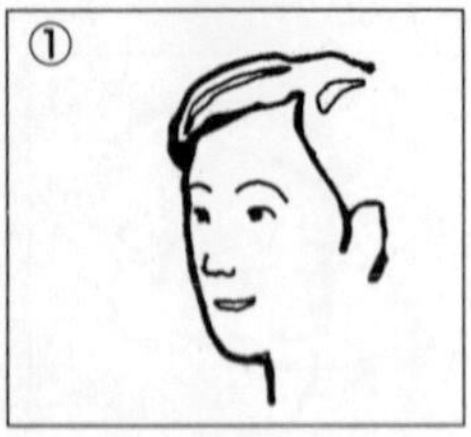

①まゆ毛が薄くて、目が小さく、鼻が低いです。

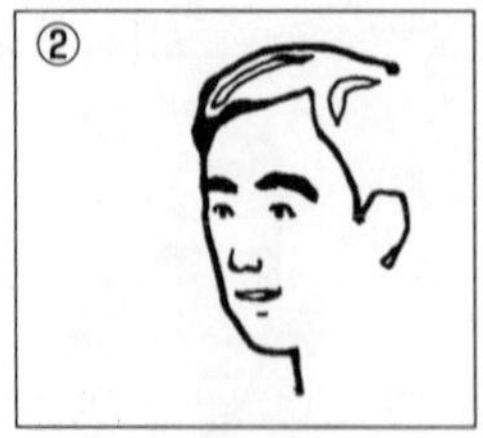

②まゆ毛が濃くて、目が小さく、鼻が低いです。

正解

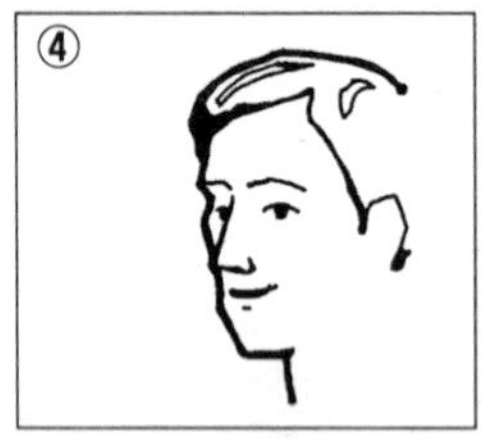

④まゆ毛が薄くて、目が小さく、鼻が高いです。

練習 2 面長（おもなが）で、目の大きい人です。

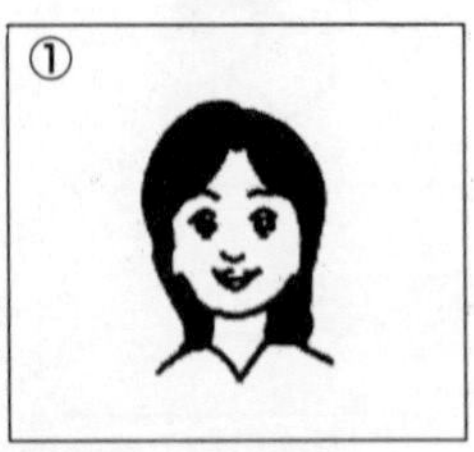

①丸顔で、目の大きい人です。

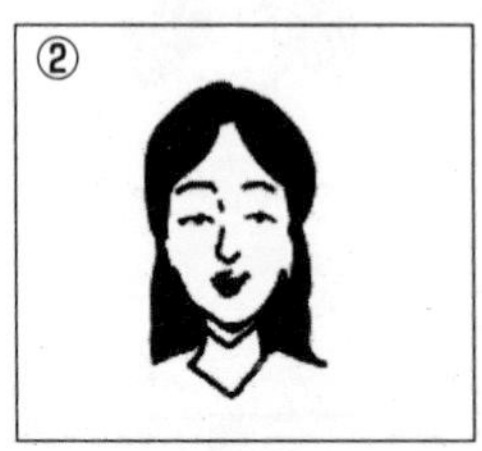

②面長で、目の細い人です。

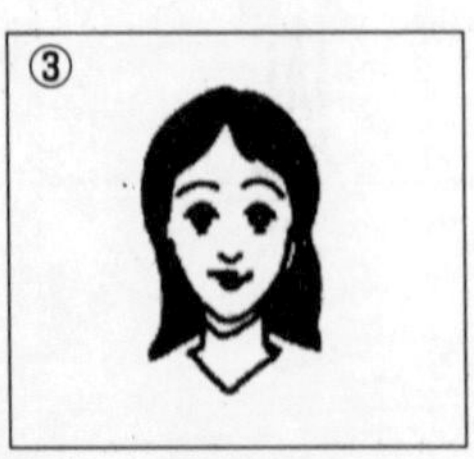

正解

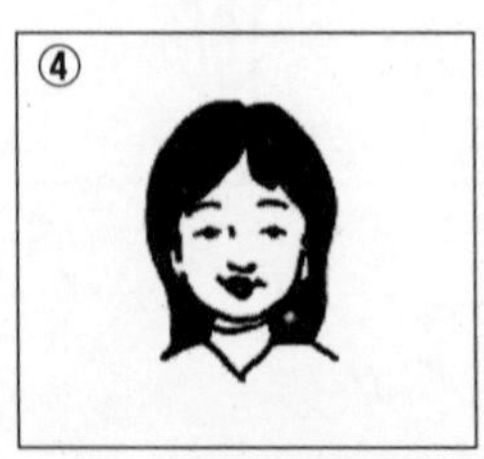

④丸顔で、目の細い人です。

練習 3 前髪（まえがみ）はおろしていて、横と後ろは肩にかかるぐらいの長さでカールしています。

①
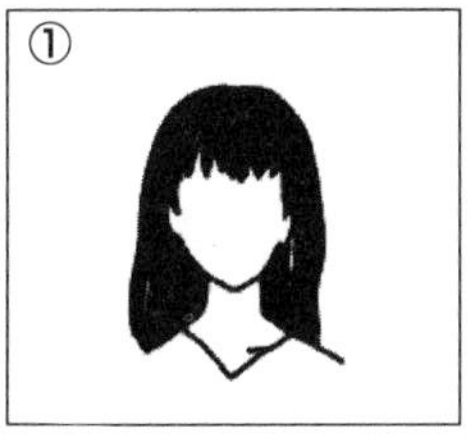

①髪はストレートで、カールしていません。

②
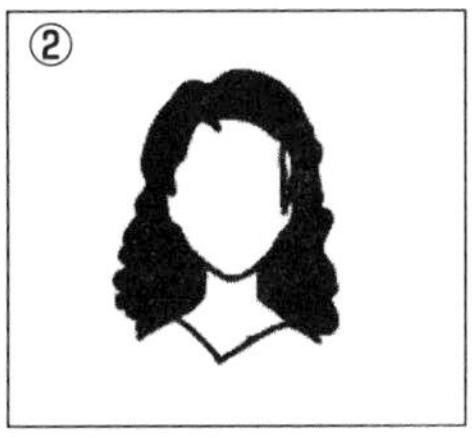

②前髪は横に分けています。

③
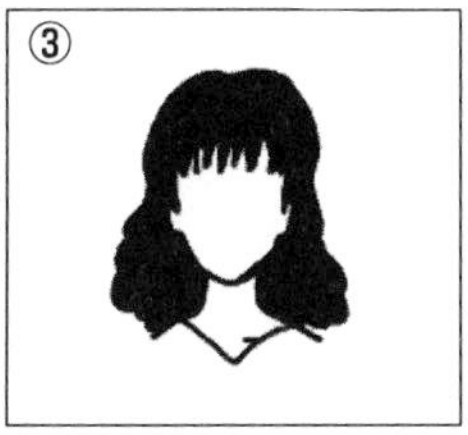

正解

④

④横と後ろの髪の長さは、あごのあたりです。

練習 4 背が高くて、がっしりした体格です。

①
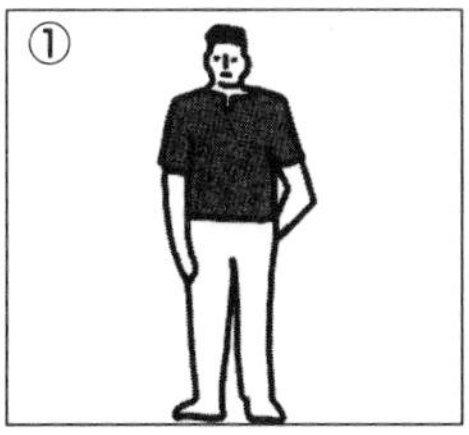

正解

②
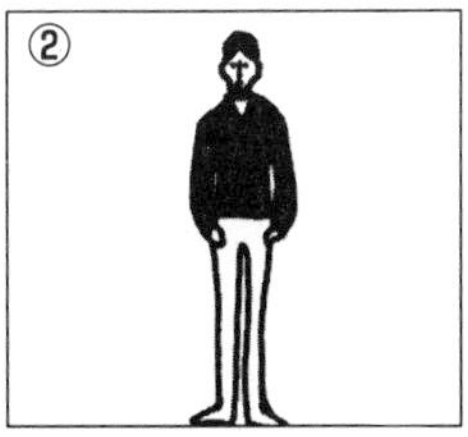

②やせ型で、すらりとしています。

③

③背が低くて、ずんぐりしています。

④
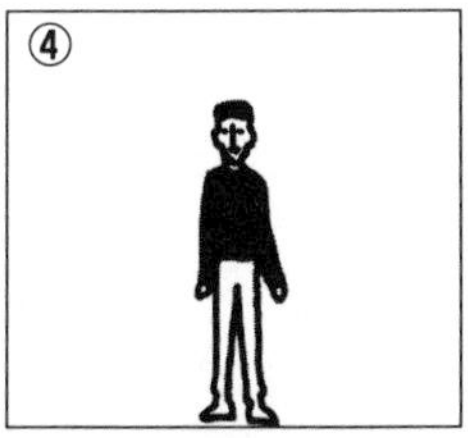

④小柄（こがら）でやせています。

★★★ 役に立つ語彙・表現

顔の形：・丸顔
・面長
・角張った顔、四角い顔

目、鼻、etc.：・目が　①大きい　②小さい　③細い
④つりあがっている　⑤さがっている
・眉毛が太い
・鼻が　①高い　②低い
・ひげを伸ばしている／ひげが濃い

髪がた：・髪の毛の長さ　①ショート　②ロング
・前髪を　①おろしている　②あげている
・髪を真ん中で分けている
・①パーマをかけている　②ストレート

体型：・大柄／小柄
・すらりとしている／ずんぐりしている
ほっそりしている／がっしりしている

5. 服装

練習 1

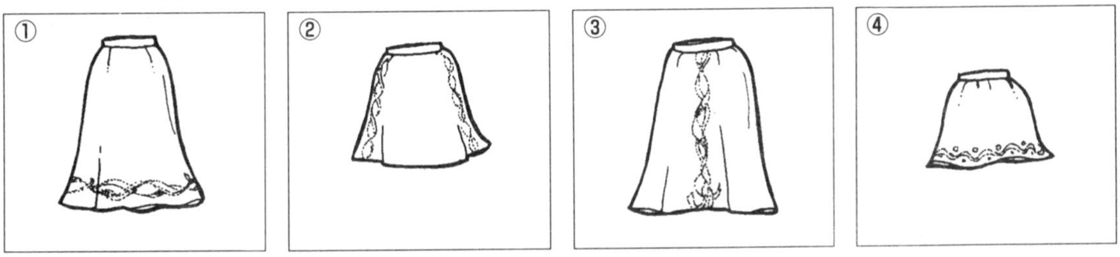

練習 2

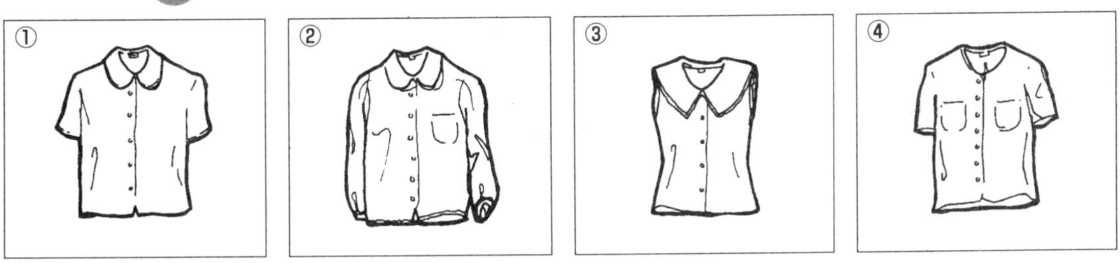

練習 3

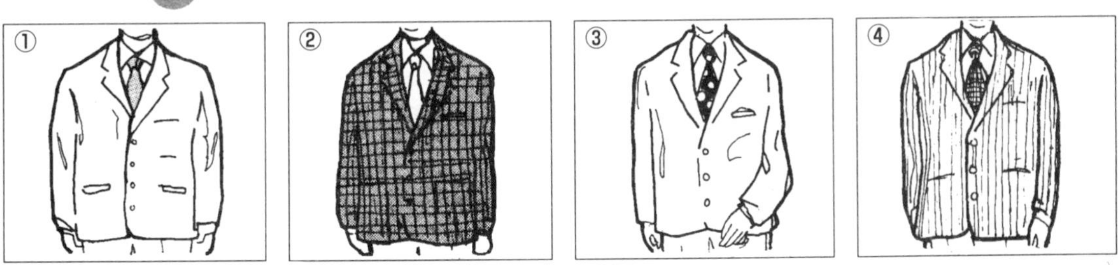

練習 4

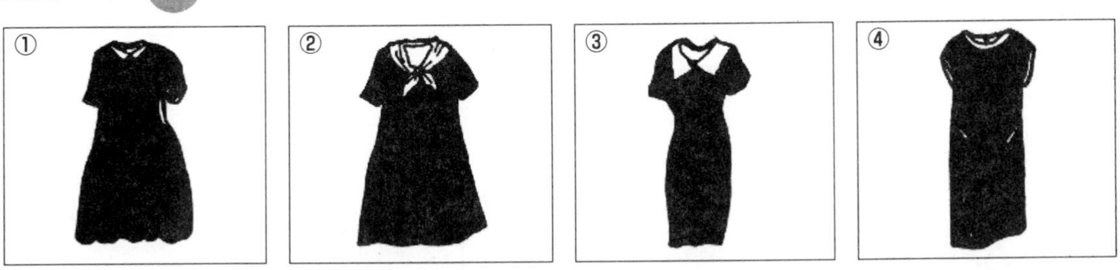

練習 1　スカートは丈(たけ)が長くて、すそに模様(もよう)がついています。

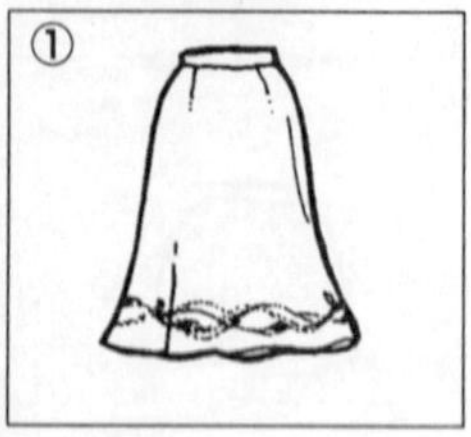

正解

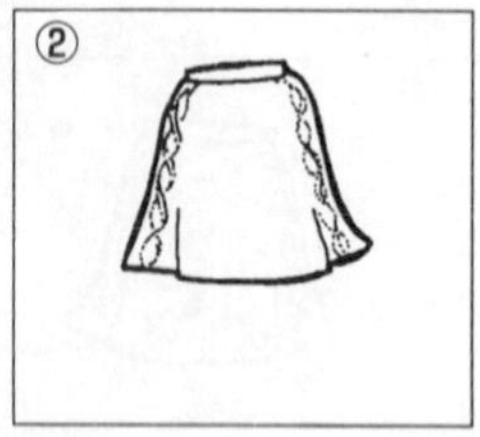

②スカートは短めで、両脇(りょうわき)に模様があります。

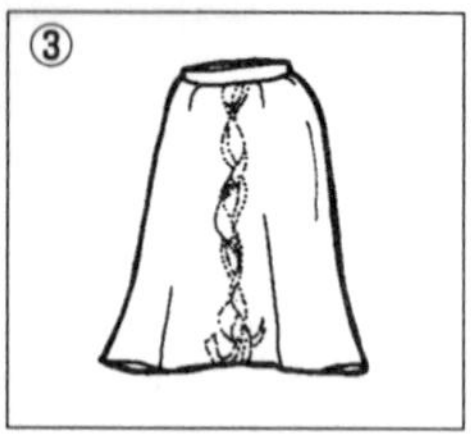

③中心にたてに模様がついています。

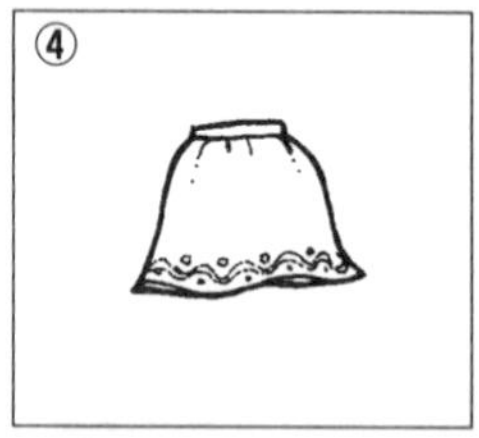

④スカートは短いです。

練習 2　丸いえりがついた半そでのブラウスです。

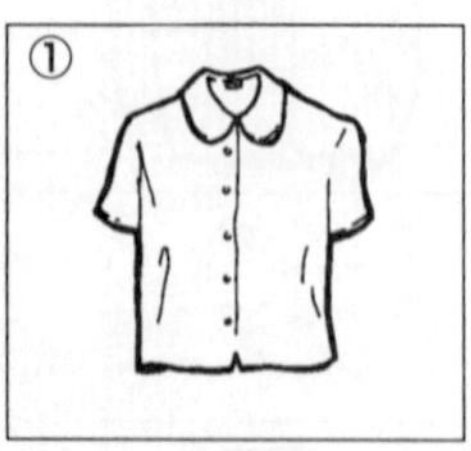

正解

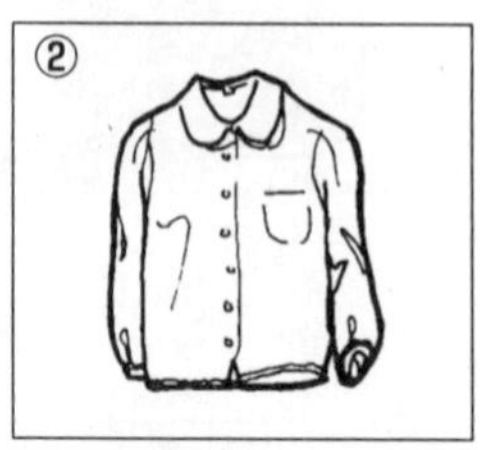

②長そでです。

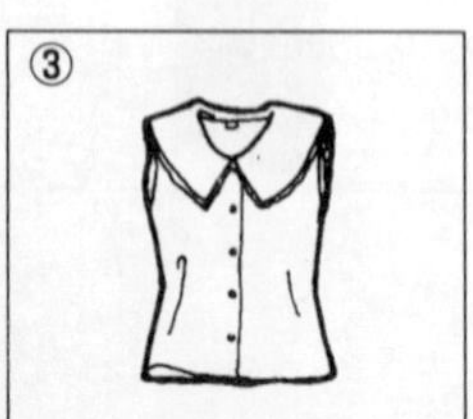

③ノースリーブで、大きいえりがついています。

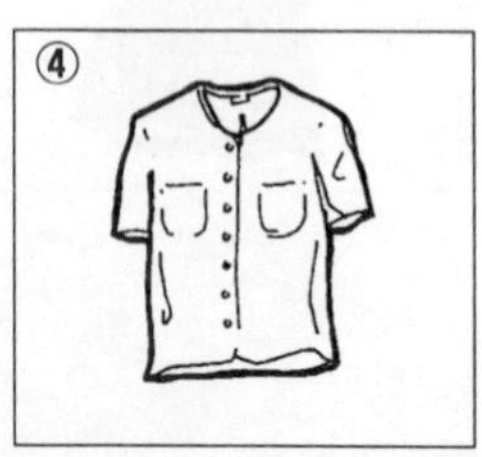

④えりなしです。

練習 3 無地のネクタイと、チェックのジャケットを着ています。

①無地のネクタイをして、無地のジャケットを着ています。

正解

③水玉模様のネクタイをして、無地のジャケットを着ています。

④細かいチェックのネクタイをして、たてじまのジャケットを着ています。

練習 4 ウエストがしぼってある細身のワンピースです。

①たっぷりしたデザインのワンピースです。

②すその広がったワンピースです。

正解

④大きいポケットのついたストレートなワンピースです。

★★★ 役に立つ語彙・表現

洋服の種類： ①スーツ　②ジャケット　③ワンピース　④ブラウス　⑤Tシャツ　⑥ジーンズ　⑦セーター　⑧カーディガン

部分の名称： ①えり　②そで　③すそ　④丈　⑤ウエスト

形： ①Vネック　②タートルネック　③丸首
①長そで　②半そで　③ノースリーブ（そでなし）
①ミニスカート　②ロングスカート
①細身の　②ゆったりとした

模様： ①無地　②花柄　③チェック　④ストライプ　⑤水玉

それでは問題をやってみましょう。

問題 1　メモを取りながら聞きましょう。

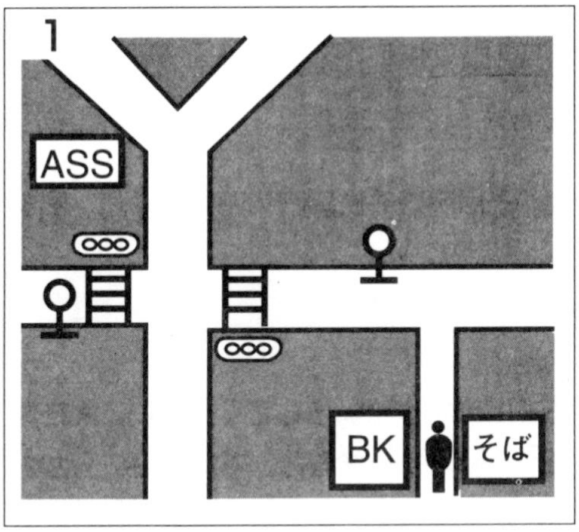

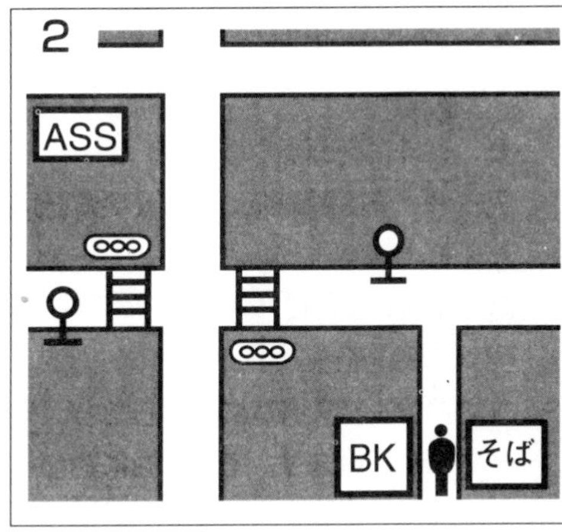

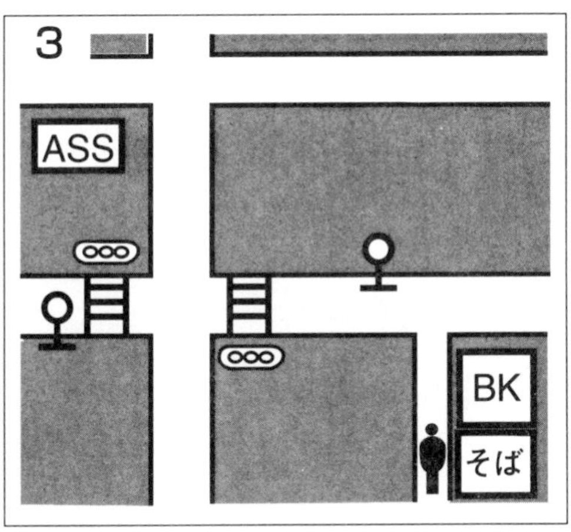

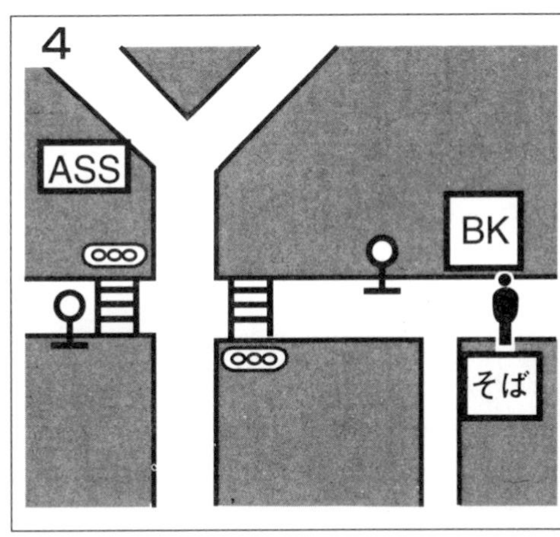

メモ

答えは何番ですか ＿＿＿＿＿ 番

スクリプト

問題1　男の人と女の人が電話で話しています。男の人の位置を正しく表している図はどれですか。

男：もしもし、今日そちらにうかがう者なんですが、ちょっと道がわからなくなりまして…。

女：はい、あの今どちらにおいでですか。

男：それが…え～と、駅から10分ぐらい歩いたと思うんですが…ぐるぐる回っちゃったんで…。

女：近くに何がありますか。

男：今、**そば屋の前にある公衆電話**なんですが。**そば屋の前に銀行**がありますね。関東銀行と読めます。

女：ああ、それは**バス通りからちょっと入ったところ**ですね。

男：ええ、そうです。

女：では、**バス通りに出ましたら、その通りを左にまっすぐいらしてください。大きな交差点に出ます。それを右に曲がって、しばらくいらっしゃると、道が二股に分かれますから、左手の方の道をいらしてください。すぐ左側に、ＡＳＳの看板(かんばん)が見えます**から、すぐお分かりになると思います。

▶男の人の位置を正しく表している図はどれですか。

答え▶　1

問題 2 メモを取りながら聞きましょう。

1

2

3

4

メモ

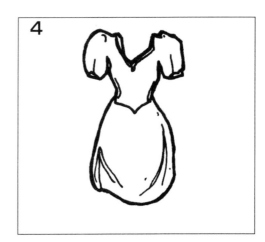

答えは何番ですか ________ 番

スクリプト

問題 2　女の人が試着（しちゃく）する洋服はどれですか。

女 1 ：どういったものをお探しですか。
女 2 ：友だちの結婚パーティーに着たいんですが…。
女 1 ：そうしますと、こちらなんかいかがでしょうか。
女 2 ：う～ん、ちょっとおおげさかなあ。パーティーといっても、友だち同士の気楽（きらく）なものだから。
女 1 ：あ、それでは、**こちらのスーツ、いかがですか**。中にお召しになるもので華（はな）やかにもなりますし、落ち着いた感じにもなりますし、いろいろに使えて便利だと思いますが。
女 2 ：そうねえ、**なかなかいい**けど。
女 1 ：あとはこちらのワンピースですね。
女 2 ：これもかわいいわねえ。でも、ちょっとえりがあき過ぎてないかしら。…さっきの、もうすこしスカートが短いのはない。
女 1 ：ございますよ。こちらです。
女 2 ：そうねえ…**やっぱり短くないほうがいいわね**。…じゃ、これが一番いいみたいだから、これ試着させてください。

▶ 女の人が試着する洋服はどれですか。

答え▶ 2

問題 3 メモを取りながら聞きましょう。

1

2

3

4

メモ

答えは何番ですか ＿＿＿＿＿ 番

スクリプト

問題3　男の人が探しているのは、どの人ですか。

男：ごめんください。警察の者ですが。

女：あ、はい。

男：最近、有利な投資(とうし)の話があると言って、お金をだましとる悪質(あくしつ)なセールスが横行(おうこう)しているんですが、心当たりはありませんか。

女：あ、もしかしたらあの人かしら。

男：どんな男でしたか。

女：う～ん、**人の良さそうな丸顔**の人でしたよ。背はあまり高くなかったかなあ。こう、**額(ひたい)がはげ上がっていまして**ね。あ、それから、**目が下がっていて、いつも笑っているような感じ**でした。

男：年格好(としかっこう)は。

女：そうですね。**30歳から40歳ぐらい**といったところでしょうか。

▶男の人が探しているのは、どの人ですか。

答え▶ 2

問題 4 メモを取りながら聞きましょう。

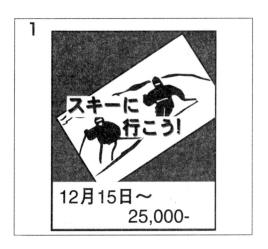

1

2

3

4

メモ

答えは何番ですか ________ 番

スクリプト

問題4　男の人と女の人が冬のスキー旅行のポスターについて話しています。ポスターはどうなりますか。

男：冬のスキー旅行の募集ポスターを作ってるんですが、これでいいでしょうか。

女：そうねえ。字ばっかりじゃね。写真か絵でも入れたら。

男：じゃ、こんな具合に**斜めに入れて**みましょうか。

女：そうねえ。ちょっとまっすぐに入れてみて。う～ん、やっぱりこれじゃつまらないわね。**「スキーに行こう」のキャッチフレーズは、写真にかぶせる**ようにしたら。

男：そうですね。

女：それと**日（ひ）にちや値段を目立（めだ）つように**して。

男：はい、わかりました。

▶ ポスターはどうなりましたか。

答え▶ 1

対策ポイント4 グラフ

耳で聞いたことばがグラフに表されるとどうなるか、すばやく判断できなければなりません。練習を見て、グラフについて説明するときよく使われる表現を覚えましょう。

＊テープを聞いて、テープの内容と合っているグラフを選んでください。

練習 1

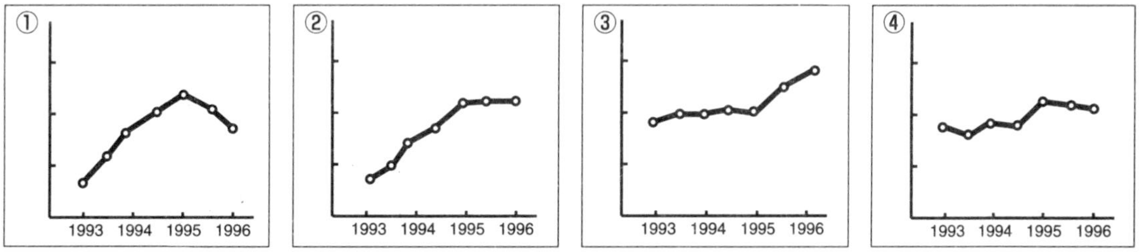

練習 2

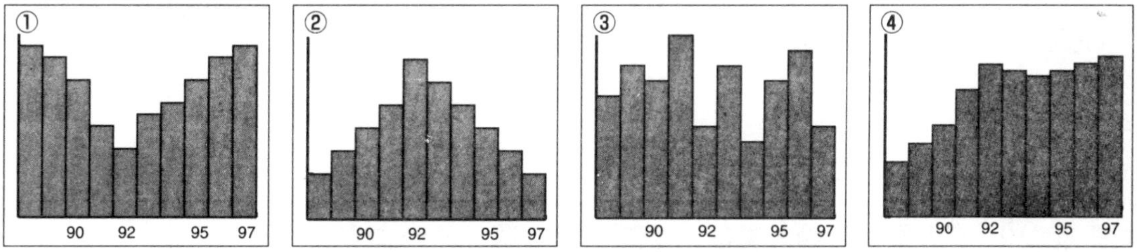

練習 3

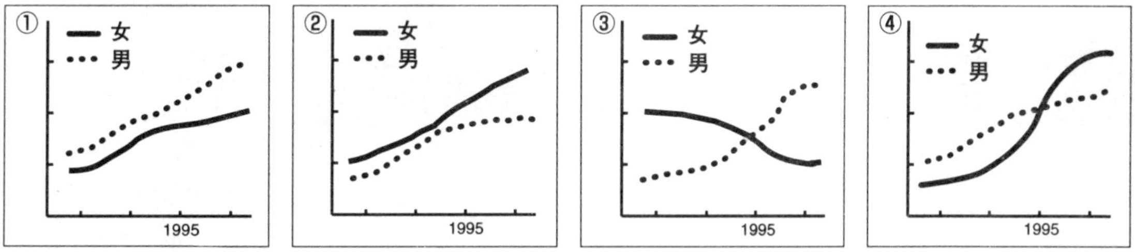

練習 4

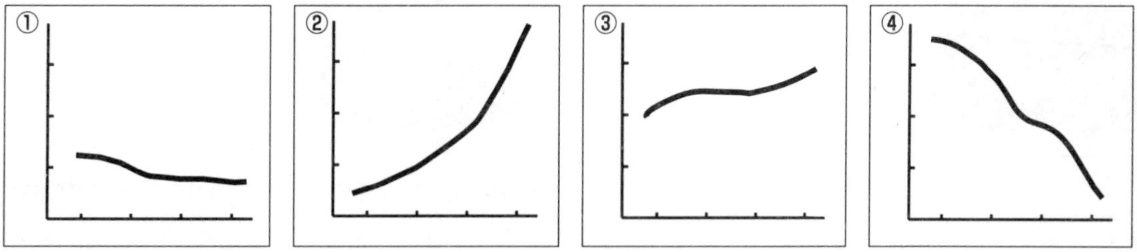

練習 1　95年までは順調に伸びてきましたが、それ以後は横ばい状態が続いています。

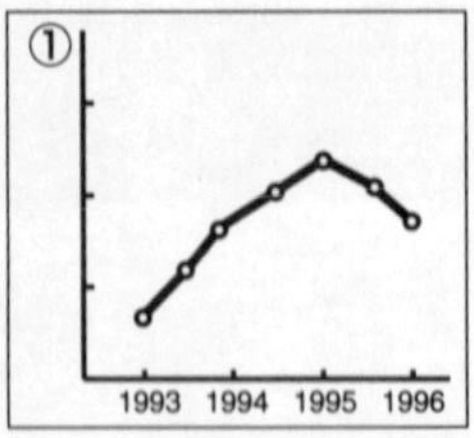

①95年を境に、減少傾向に転じています。

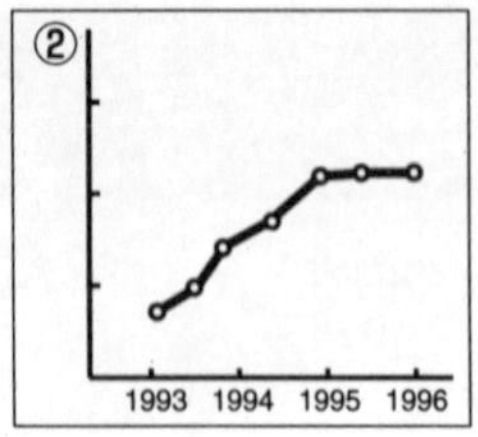

正解

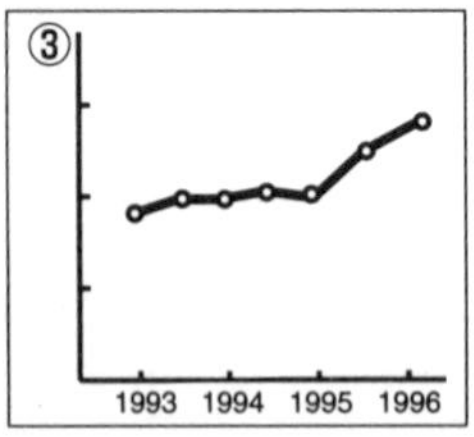

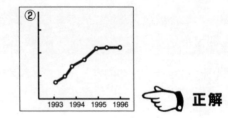

③95年までは、ほぼ横ばいでしたが、95年以降は上昇しています。

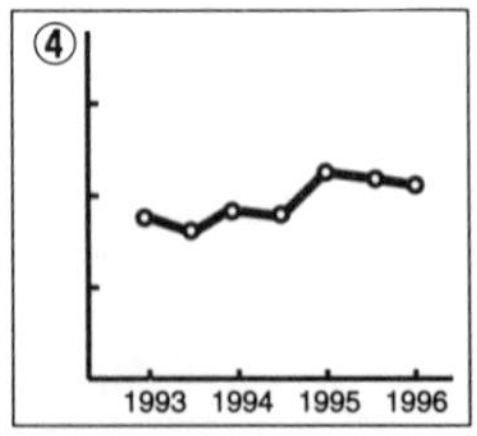

④95年までは、増減を繰り返していました。

練習 2　この果物の輸入量は、増減を繰り返しています。

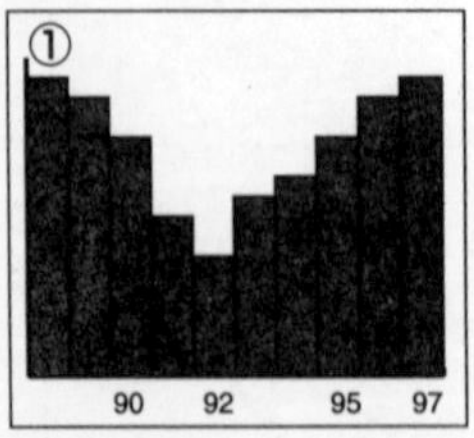

①92年を境に、減少傾向から増加に転じています。

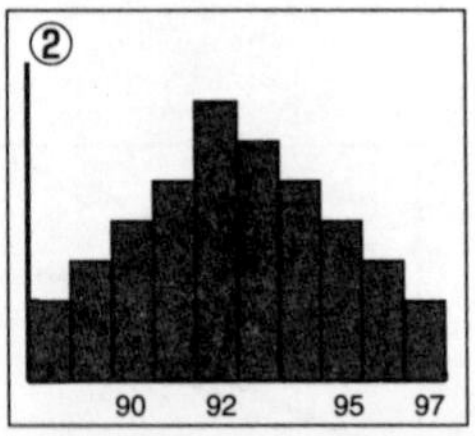

②順調に増加してきましたが、92年を境に減少に転じています。

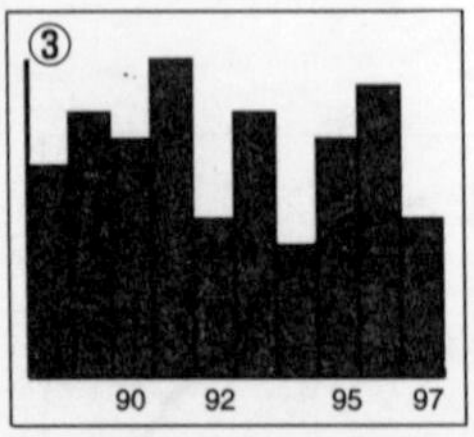

正解

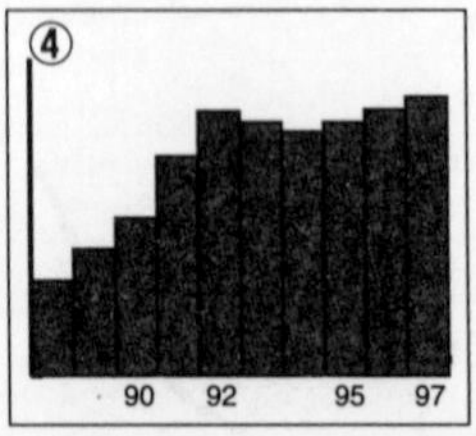

④順調に増加してきましたが、92年からは横ばい状態です。

練習 3 95年以降、女性の大学・短大への進学率が男性を上回るようになりました。

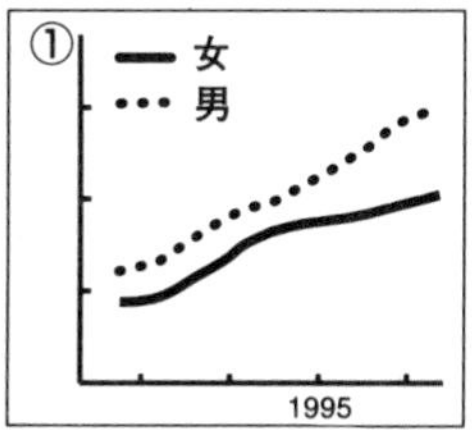

①男性が女性をやや上回っています。

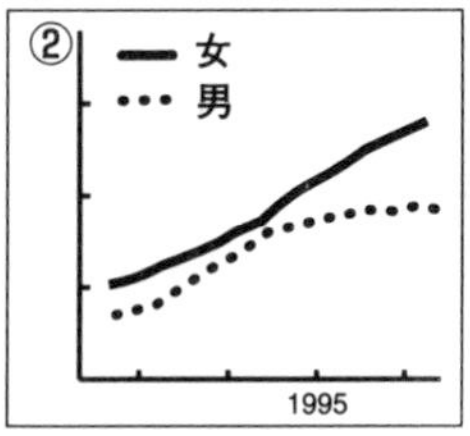

②女性が男性をやや上回っています。

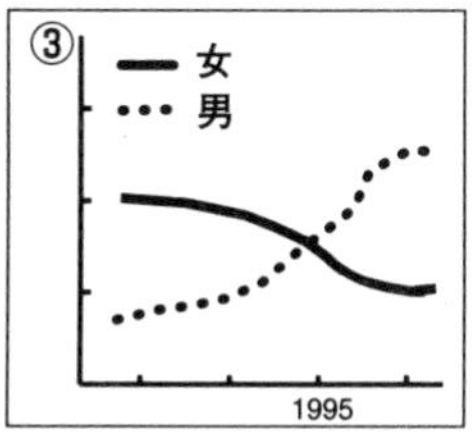

③95年を境に、男性が女性を上回るようになりました。

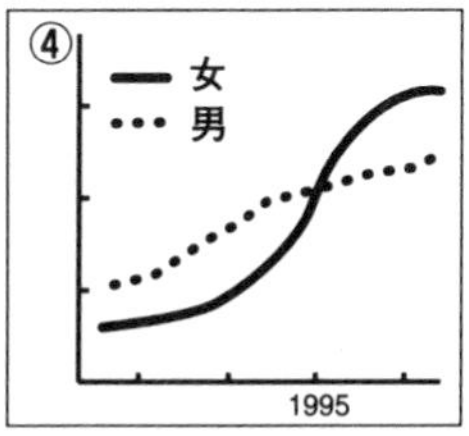

正解

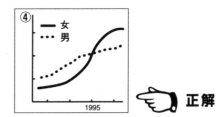

練習 4 この製品の生産量は、ゆるやかな上昇を示しています。

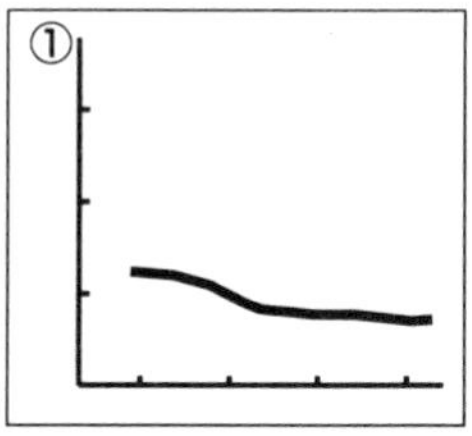

①ゆるやかな下降を示しています。

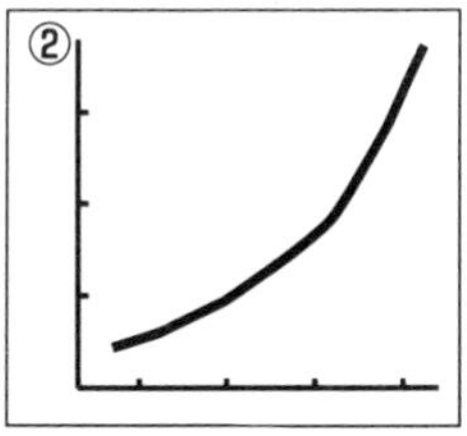

②どんどん上昇しています。

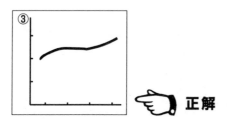

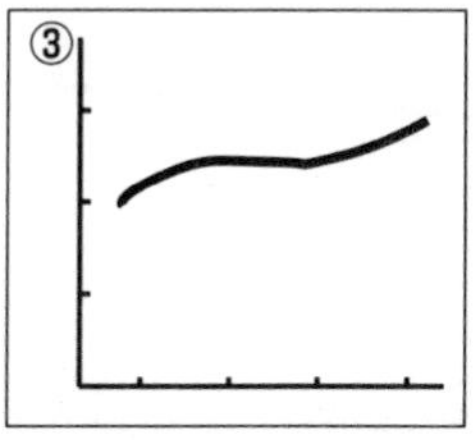

正解

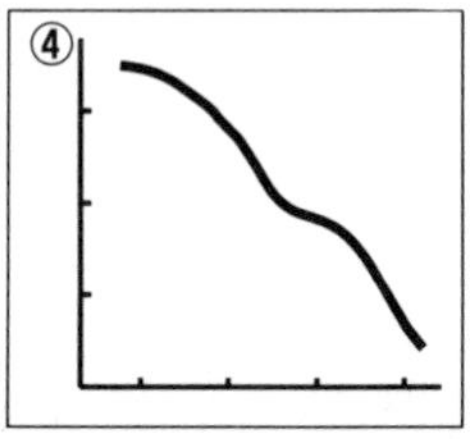

④急激に下降しています。

★★★ 役に立つ語彙・表現

変化を表す表現： 増えている／増加している／増える一方だ
減っている／減少している
うなぎのぼりだ
伸び悩んでいる／横ばい状態／増減を繰り返している
前年を上回る／下回る

割合を表す表現： 4分(ぶん)の1＝25%
2分の1＝50%＝5割＝半分

副詞： 大幅に／わずかに／急激に／徐々に／ゆるやかに

・～はゆるやかな伸びを示しています。
・90年を境に上昇傾向に転じました。
・～は20%（2割）に満たないことがわかりました。
・～は60%（6割）を占めています。
・～は70%強に達しました。
・～は半分弱となっています。

59ページのつづきです。グラフの練習問題をもう1問やってみましょう。

＊テープを聞いて、テープの内容と合っているグラフを選んでください。

練習 5

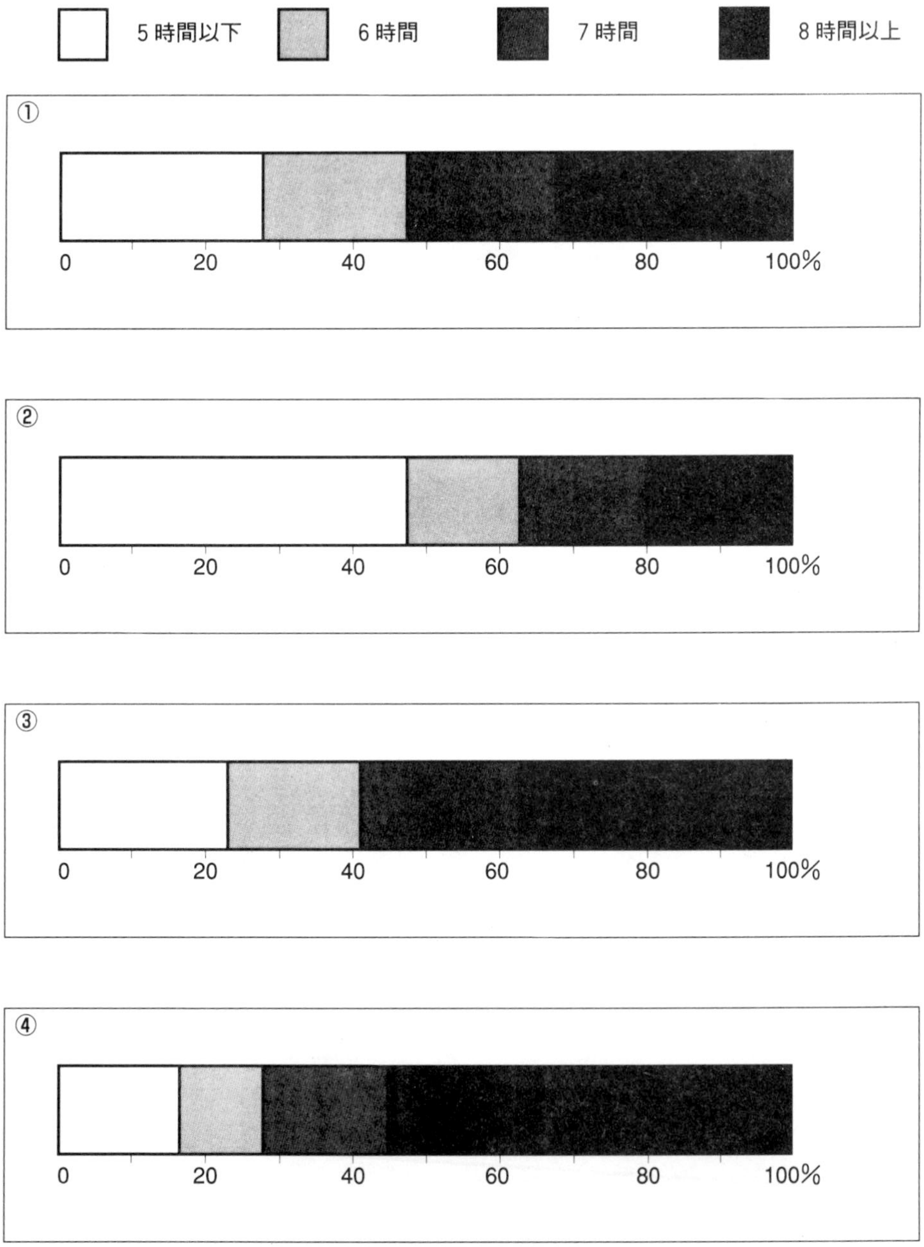

練習 5 睡眠時間が７時間以上の人は、全体の約40%に満たないことがわかりました。

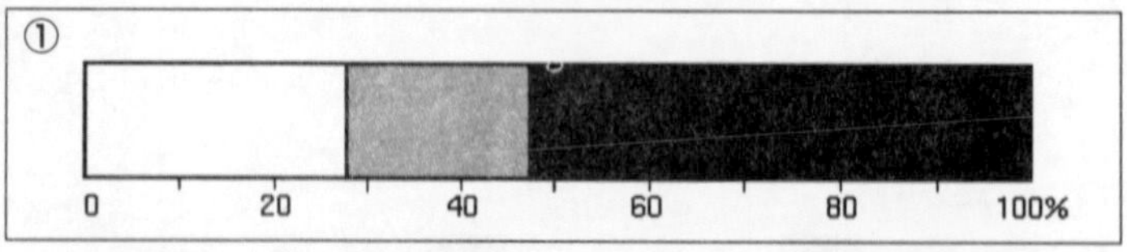

①７時間以上の人は全体の50%強です。

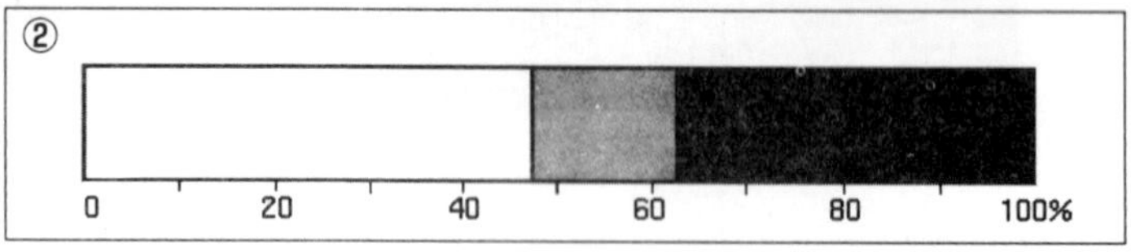

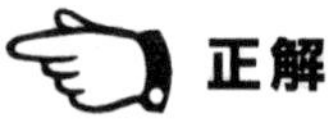

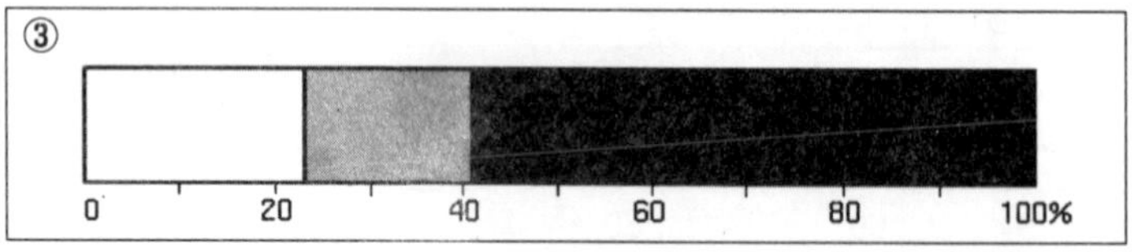

③60%弱の人が７時間以上の睡眠をとっています。

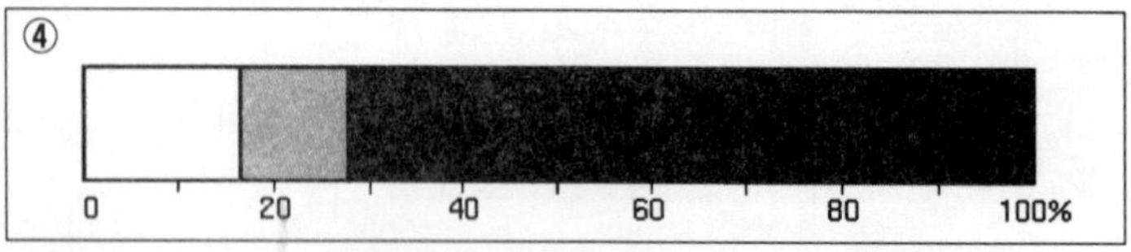

④70%以上の人が７時間以上の睡眠をとっています。

それでは問題をやってみましょう。

問題 1 メモを取りながら聞きましょう。

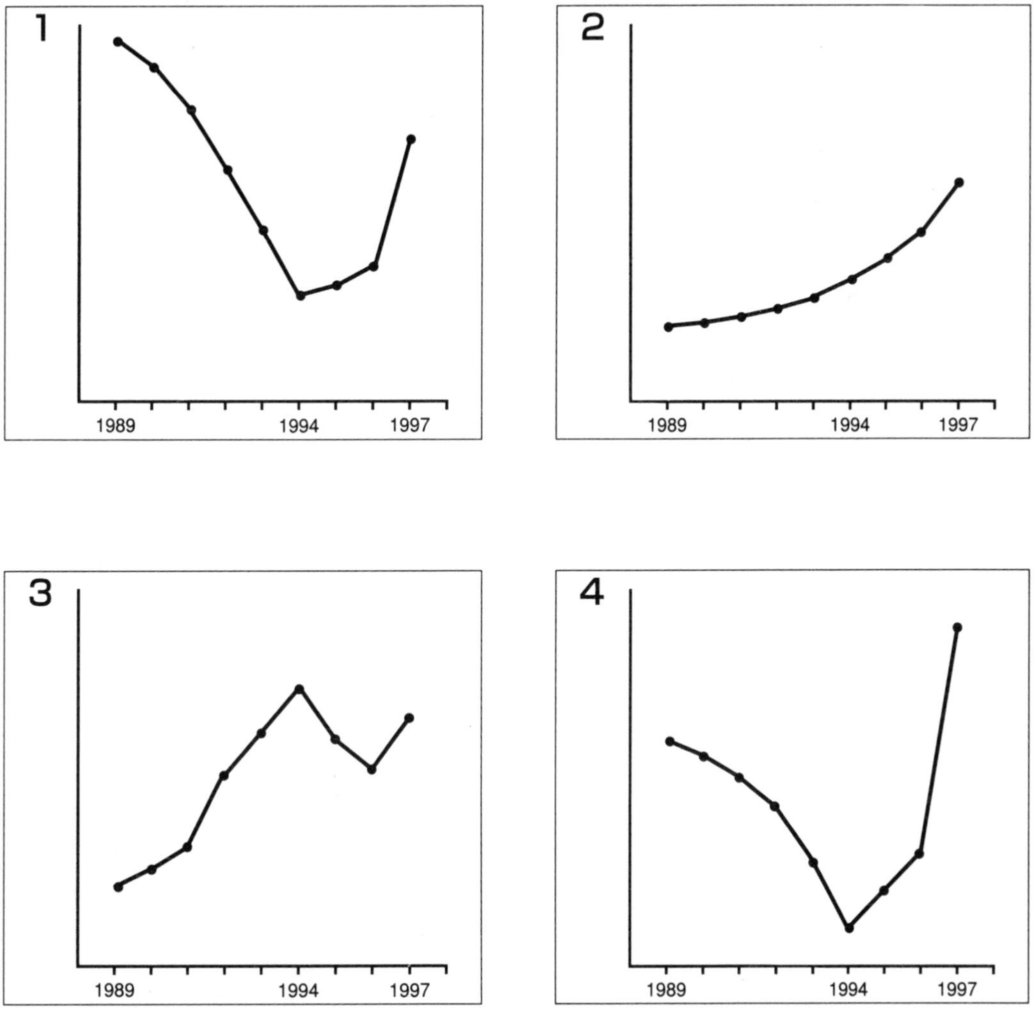

メモ

答えは何番ですか ＿＿＿＿＿ 番

スクリプト

問題1　太陽自動車の利益を表すグラフはどれですか。

太陽自動車工業は、円高不況の影響で**1989年以降利益が下がる一方**でした。しかし、レジャー用の車を他社に先駆(さきが)けて新しいデザインと手頃(てごろ)な価格で売り出し、それが消費者に受け入れられました。その結果、**94年から利益が上昇傾向に転じ、97年には円安の恩恵(おんけい)を受けて急激な伸びを示し、過去最高を記録しました。**

▶ 太陽自動車の利益を表すグラフはどれですか。

答え▶ 4

問題 2 メモを取りながら聞きましょう。

1

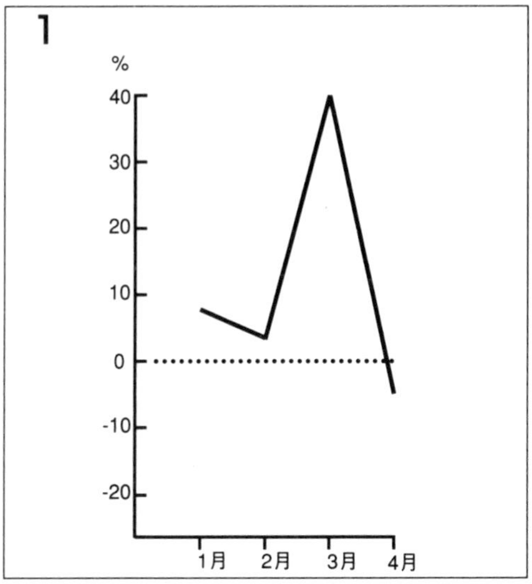

2

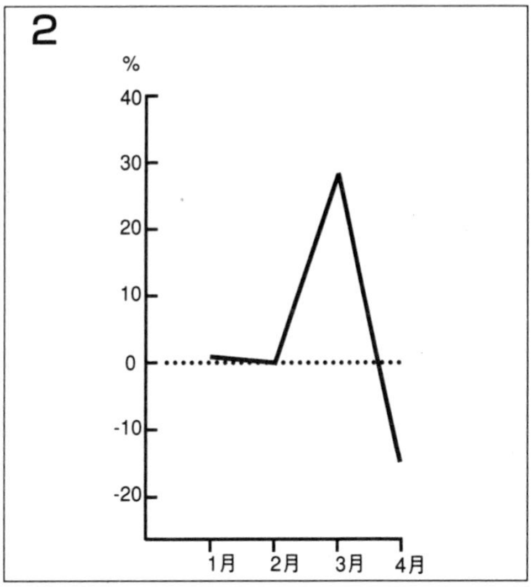

3

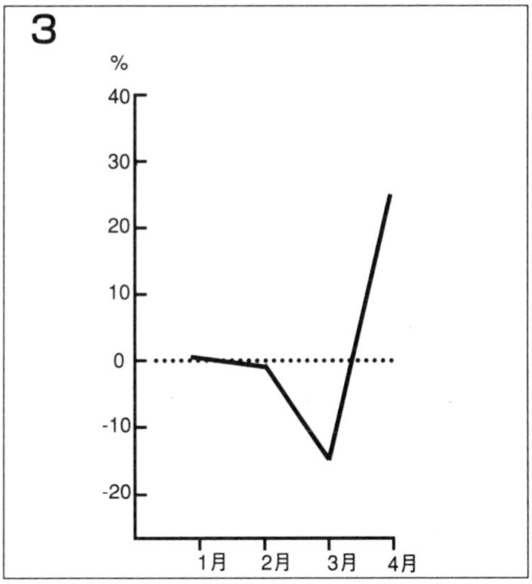

4

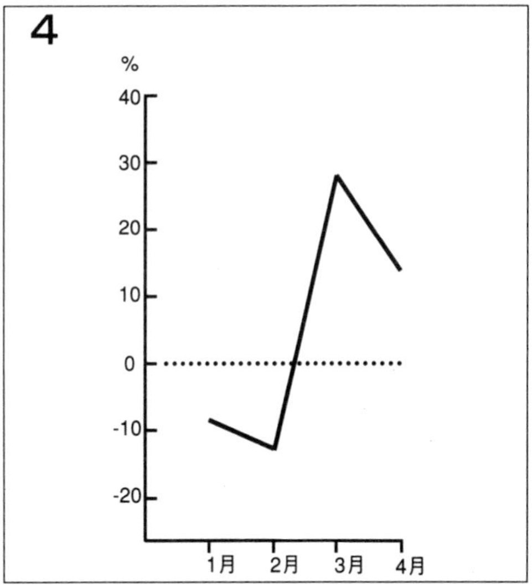

メモ

答えは何番ですか ＿＿＿＿＿ 番

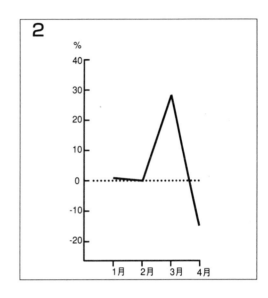

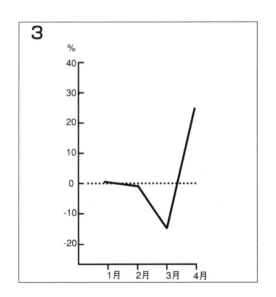

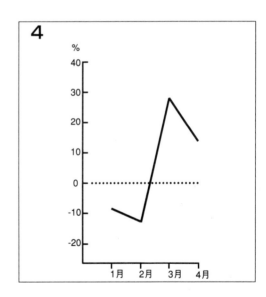

スクリプト

問題 2　次のグラフは、1997年の全国のデパートの売上高が、昨年の同じ月と比べてどのくらい増えたり減ったりしたかを表しています。正しいグラフはどれですか。

このグラフを見ると、**1月と2月はほとんど変化がありません**。ところが**3月になると、急激に増えています**。これは、4月に消費税が上がるので、その前にできるだけたくさん買っておこうという人たちがおおぜいいたからです。しかし、その反動で**4月には極端（きょくたん）に落ち込み、前年に比べて14%も減ってしまいました**。

▶ 正しいグラフはどれですか。

答え ▶ 2

問題 3 メモを取りながら聞きましょう。

20代前半　　20代後半

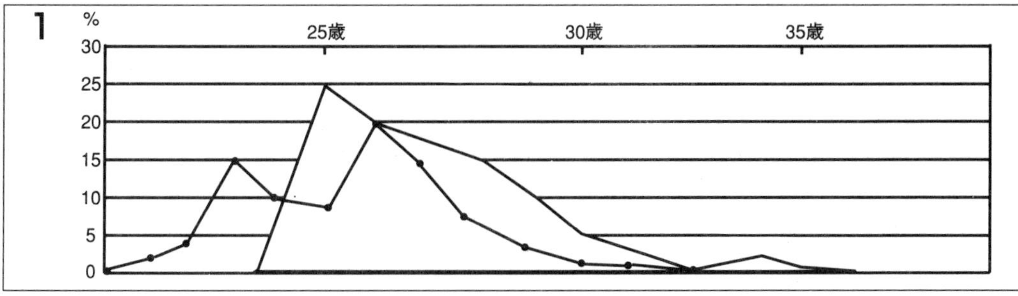

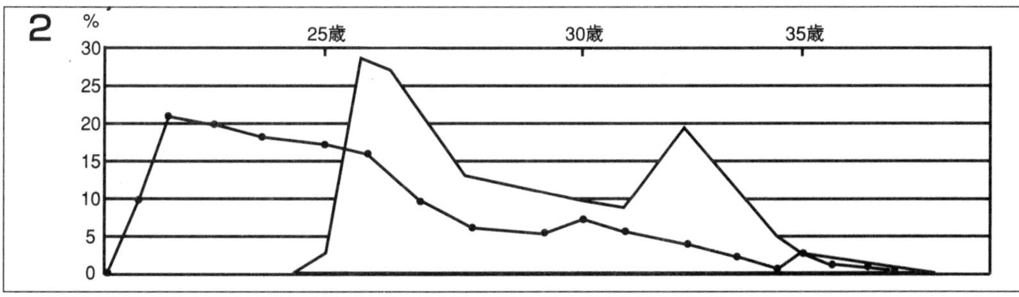

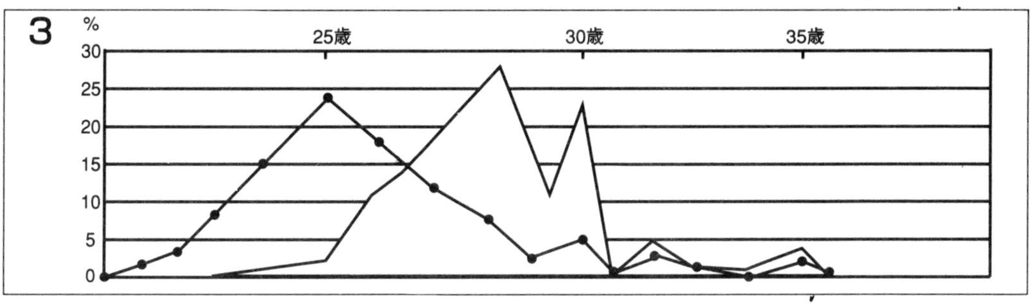

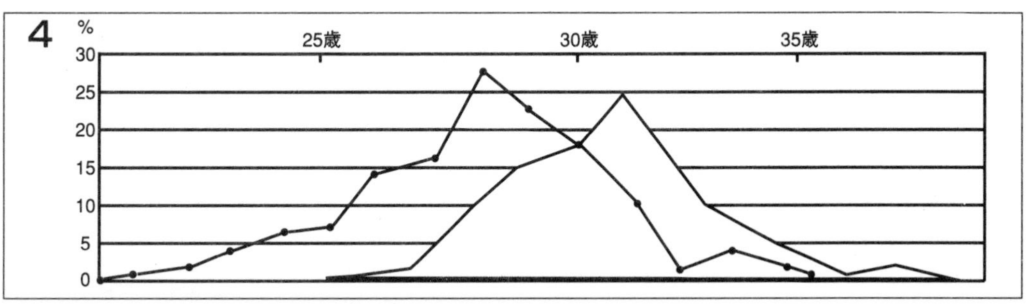

メモ

答えは何番ですか ＿＿＿＿＿ 番

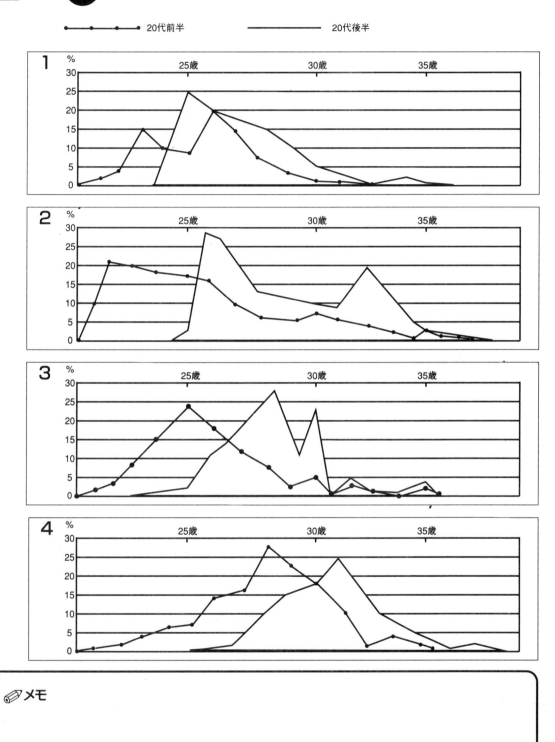

スクリプト

問題 3　次のグラフは、**20代前半**と**20代後半**の**女性**が、**何歳で結婚したい**と思っているかを調査したものです。正しいグラフはどれですか。

ある雑誌で、5000人の女性を対象にして、何歳で結婚したいか、というアンケートを実施しました。その結果、20代前半と20代後半とでは、多少違っていました。**20代前半**では、**25歳で結婚したい**と思っている女性が**圧倒的に多くなっています**。一方、**20代後半**では、**28歳で結婚したい**人が**一番多い**のですが、その**次に多いのは**29歳ではなくて**30歳です**。30歳を、ひとつの区切りと考える女性が多いようですね。

▶ 正しいグラフはどれですか。

答え▶　3

対策ポイント5 実在しないことば

問題の中に、実際は存在しないことばが出てくることがあります。大切なことは、そのとき、「あわてってはいけない」ということです。ほかのことばを落ち着いて聞けば、きっとわかります。

それでは問題をやってみましょう。

問題 1 メモを取りながら聞きましょう。

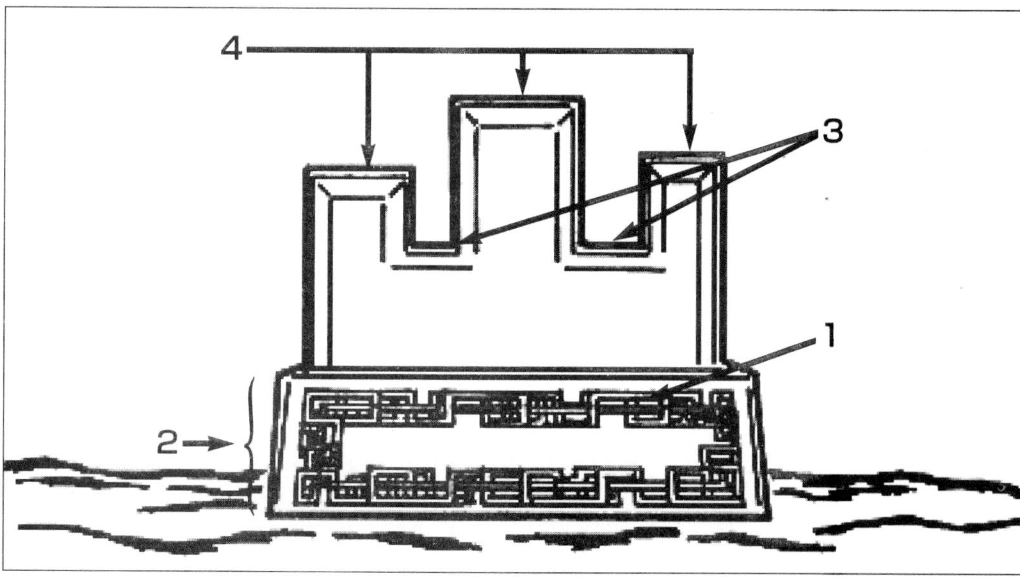

メモ

答えは何番ですか ＿＿＿＿＿ 番

スクリプト

問題 1　ガイドが遺跡について話しています。リムはどれですか。リムです。

皆さん、前方をご覧ください。あれが典型的なケロードのひとつです。ソムと呼ばれる台のようなものの上に乗っている形になっています。あのケロードには複雑なシミリが描かれています。**アケムとアケムの間のくぼんだ所がリムです。3 つのアケムは微妙（びみょう）に高さが違っていますが**、いけにえの種類によって使うアケムを変えたようです。

▶ リムはどれですか。

※1 … シミリ
2 … ソム
4 … アケム

➡ 3

問題 2 メモを取りながら聞きましょう。

メモ

答えは何番ですか ＿＿＿＿＿ 番

スクリプト

問題 2　男の人と二人の女の人が話しています。ガブチョというのは、どういう意味ですか。

男：はい、皆さん、ケーキですよ。いろいろありますよ。
女１：うわあ、おいしそう。そのチョコレートケーキ、ガブチョ。
女２：あっ、早い。じゃ、私はそのチーズケーキ、ガブチョ。
男：どうして、ガブチョなんて言うの。
女１：だれかに食べられちゃうかもしれないもん。

▶ ガブチョというのは、どういう意味ですか。

1.「食べられるかもしれない」という意味です。
2.「早く食べる」という意味です。
3.「おいしそう」という意味です。
4.「私のものだ」という意味です。

答え▶ 4

第2部

タイプ別問題

タイプ1 何かについての説明を聞き取る

人、物、事柄について説明しています。質問と説明の内容をよく聞いて、答えてください。

◆─ 絵・図のある問題

問題 1 メモを取りながら聞いてください。

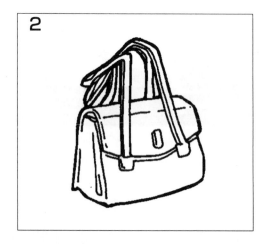

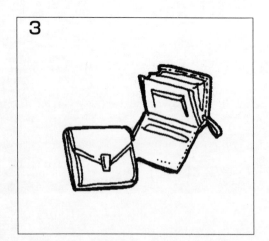

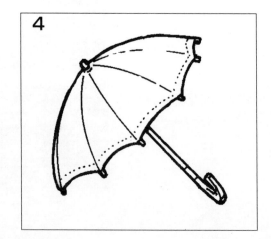

1

2

3

4

答えは何番ですか。解答欄（らん）に正しいと思う答えをマークしてください。

《解答欄》

1番		
	正しい	① ② ③ ④
	正しくない	① ② ③ ④

★★★ 解答欄の書き方 ★★★

《解答例》たとえば問題１の答えが**1番**の場合

《解答欄》

1番		
	正しい	① ② ③ ④
	正しくない	① ② ③ ④

➜

1番		
	正しい	● ② ③ ④
	正しくない	① ● ● ●

- １つの問題が終わったらすぐマークするようにしましょう。
- ゆっくり考えている時間はあまりありませんので注意してください。

問題 2　メモを取りながら聞いてください。

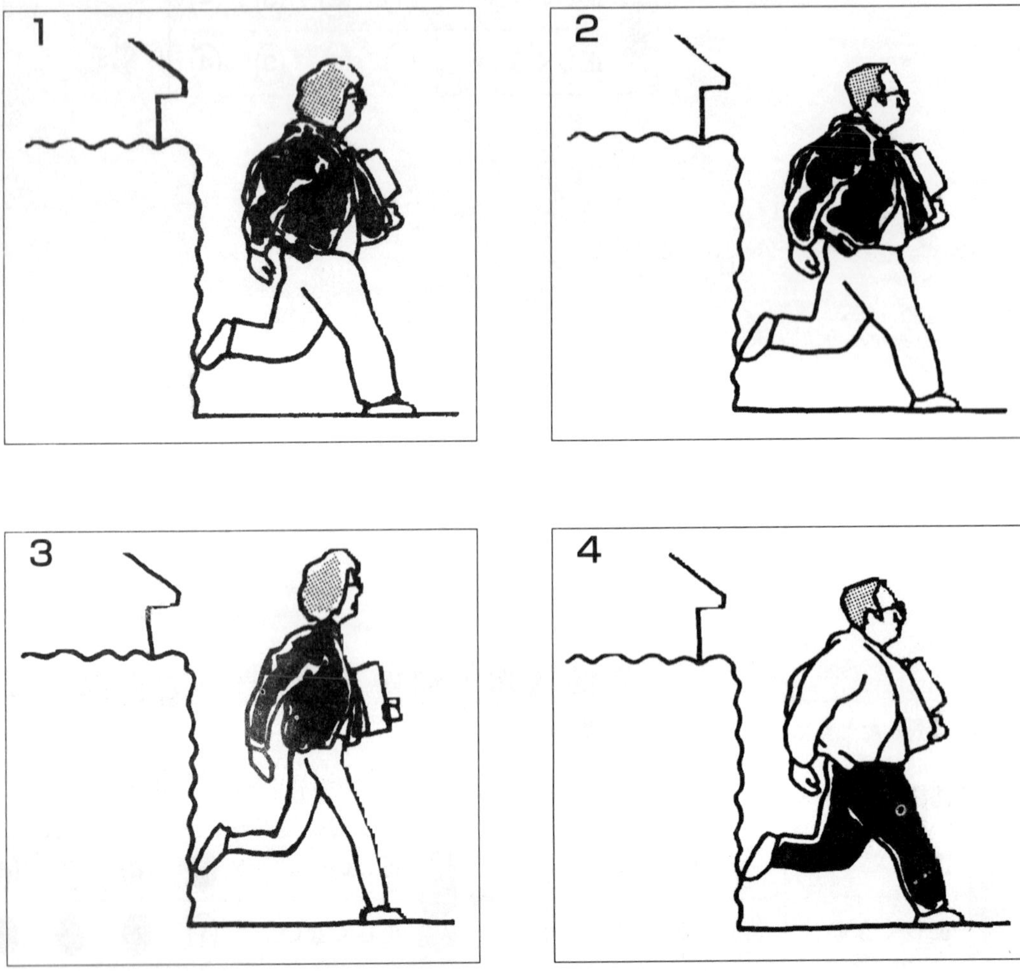

《解答欄》

2番	正しい	①	②	③	④
	正しくない	①	②	③	④

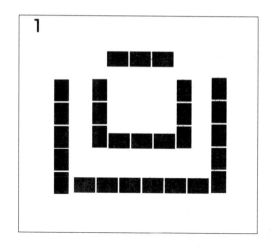

問題 3 メモを取りながら聞いてください。

1

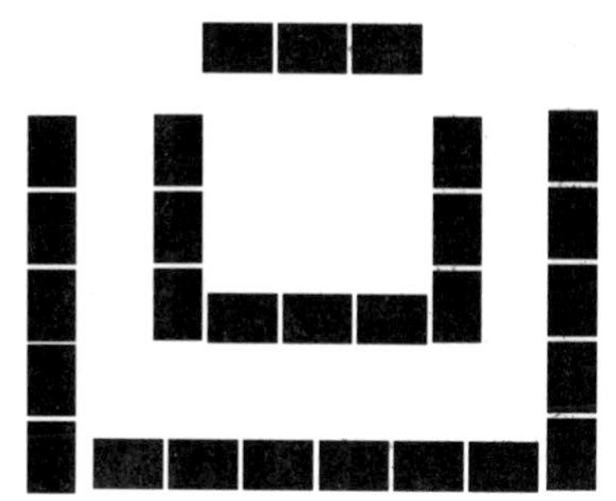

2

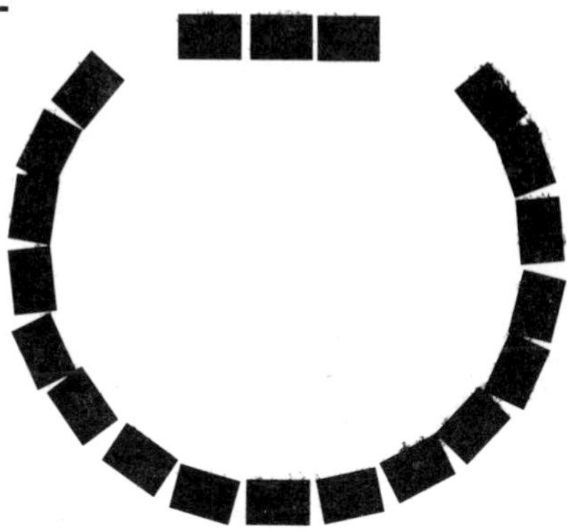

3

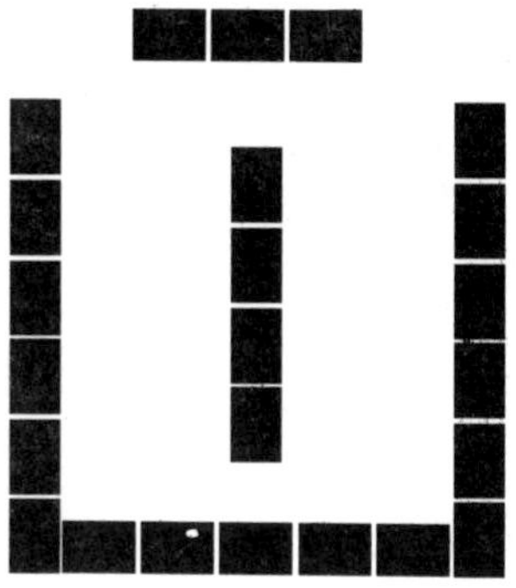

4

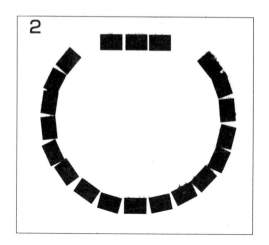

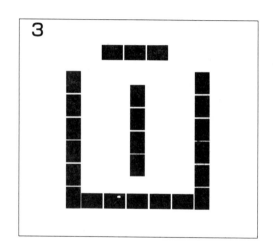

《解答欄》

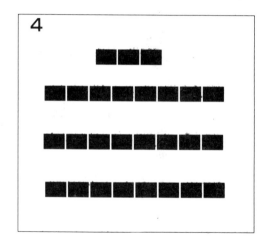

3番					
	正しい	①	②	③	④
	正しくない	①	②	③	④

◆— 絵・図のない問題

問題 4 メモを取りながら聞いてください。

《解答欄》

4番					
	正しい	①	②	③	④
	正しくない	①	②	③	④

問題 5 メモを取りながら聞いてください。

《解答欄》

5番					
	正しい	①	②	③	④
	正しくない	①	②	③	④

問題 6 メモを取りながら聞いてください。

《解答欄》

6番					
	正しい	①	②	③	④
	正しくない	①	②	③	④

メモ

タイプ2 二人の人の共通点を見つける

二人の人がそれぞれ意見や好みを言っています。話し合いの結果がどうなったか答えましょう。

問題 1 メモを取りながら聞いてください。

《解答欄》

1番	正しい	① ② ③ ④
	正しくない	① ② ③ ④

問題 2 メモを取りながら聞いてください。

《解答欄》

2番	正しい	① ② ③ ④
	正しくない	① ② ③ ④

問題 3 メモを取りながら聞いてください。

《解答欄》

3番	正しい	① ② ③ ④
	正しくない	① ② ③ ④

メモ

タイプ3 順番を正しく並べる

時間的な順序や手順などについて話しています。正しい順番に並べましょう。

◆― 絵・図のある問題

問題 1 メモを取りながら聞いてください。

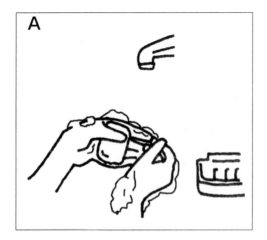

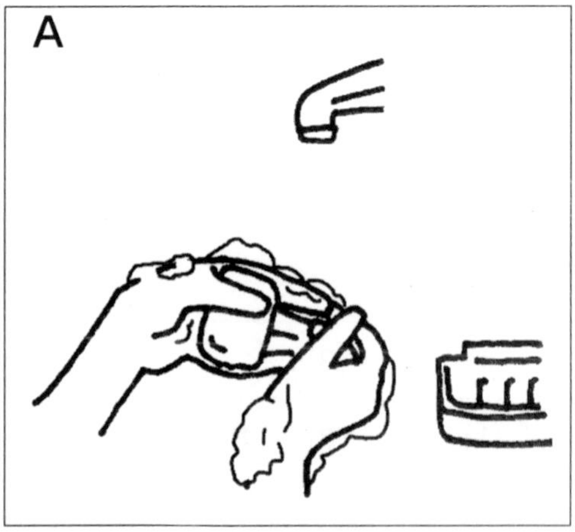

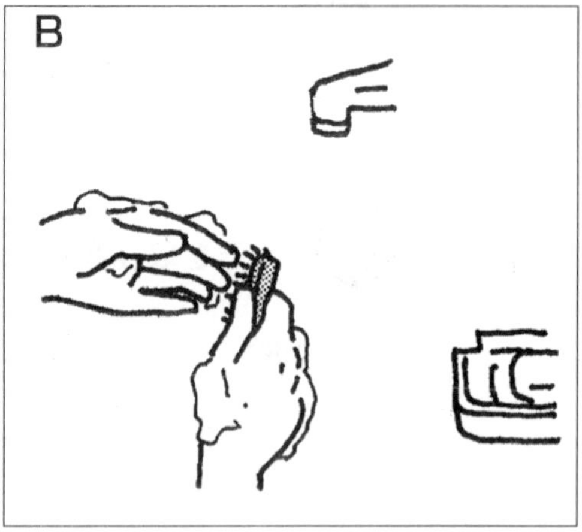

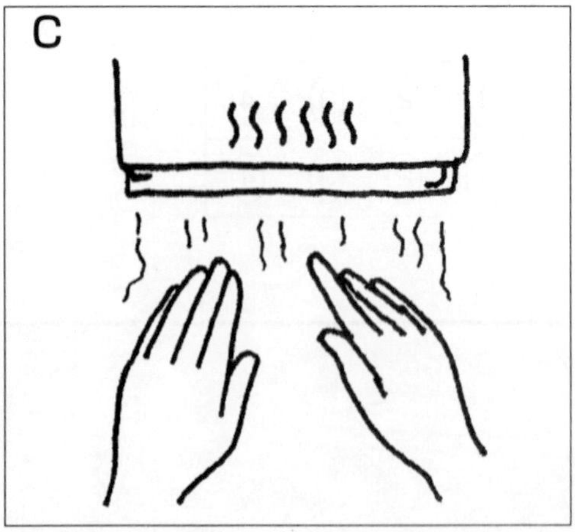

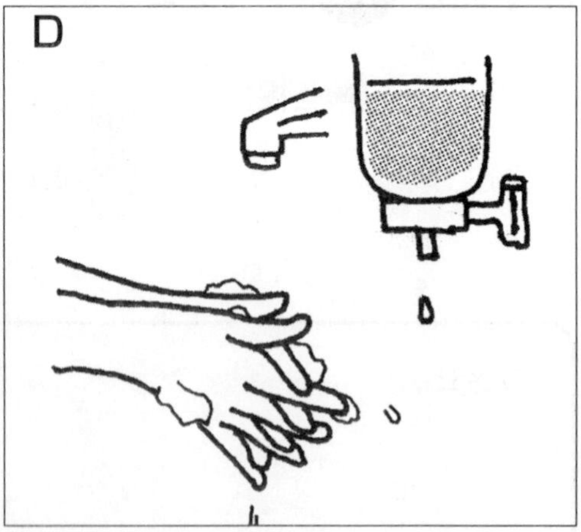

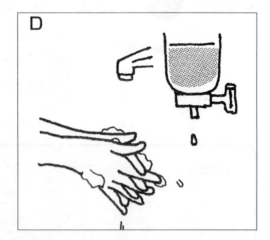

① A → D → B → C

② A → B → D → C

③ B → D → A → C

④ D → B → A → C

《解答欄》

1番	正しい	①	②	③	④
	正しくない	①	②	③	④

問題 ② メモを取りながら聞いてください。

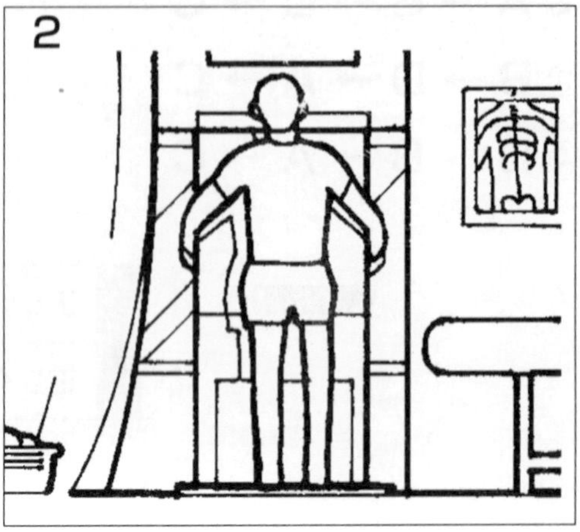

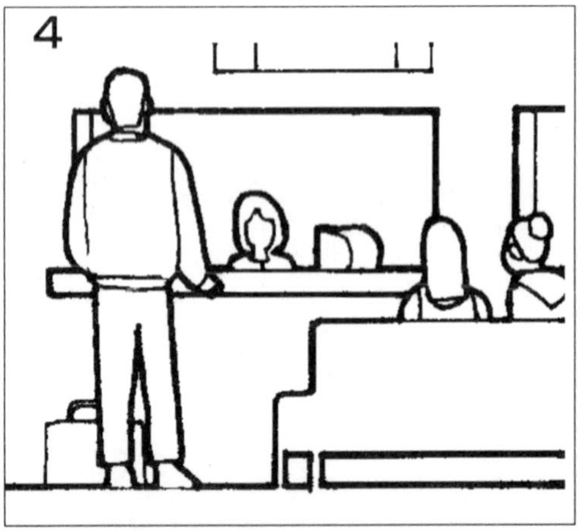

《解答欄》

2番	正しい	①	②	③	④
	正しくない	①	②	③	④

問題 3 メモを取りながら聞いてください。

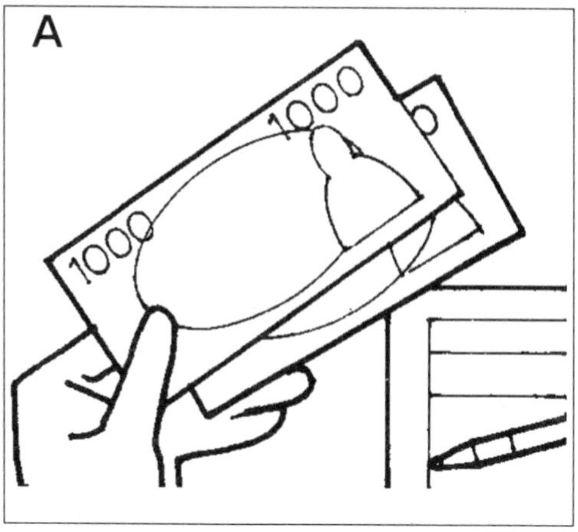

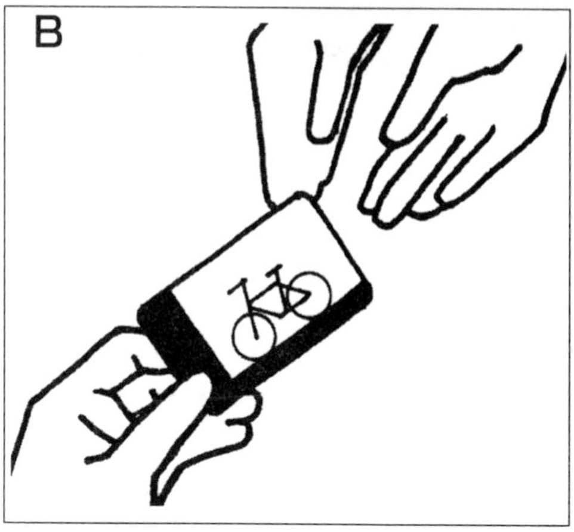

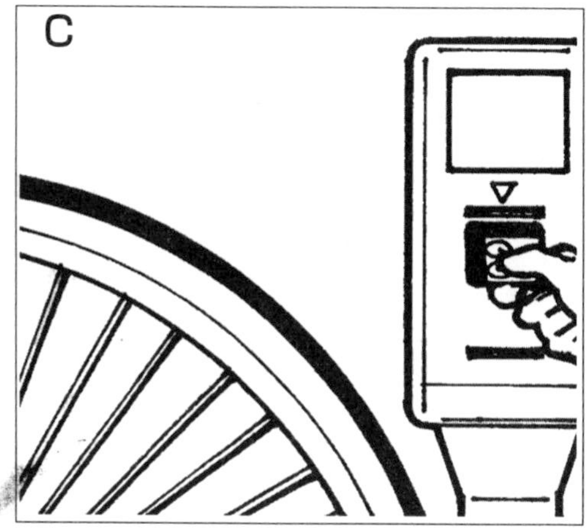

① B → C → D → A

② B → A → C → D

③ A → B → D → C

④ A → B → C → D

《解答欄》

3番	正しい	①	②	③	④
	正しくない	①	②	③	④

◆— 絵・図のない問題

問題 4 メモを取りながら聞いてください。

《解答欄》

4番		
	正しい	① ② ③ ④
	正しくない	① ② ③ ④

問題 5 メモを取りながら聞いてください。

《解答欄》

5番		
	正しい	① ② ③ ④
	正しくない	① ② ③ ④

問題 6 メモを取りながら聞いてください。

《解答欄》

6番		
	正しい	① ② ③ ④
	正しくない	① ② ③ ④

メモ

タイプ4 規則や条件に合うものを見つける

人や物が、ある規則や条件に合うかどうか判断してください。

◆― 絵・図のある問題

問題 1 メモを取りながら聞いてください。

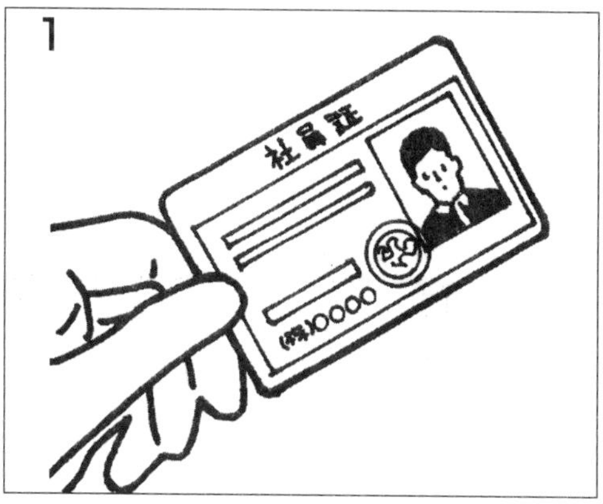

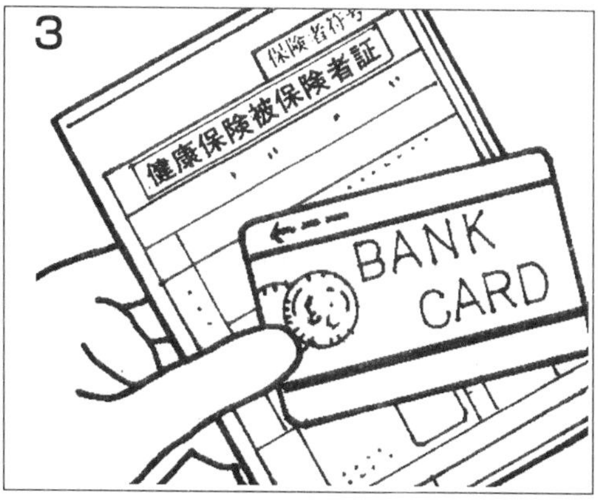

《解答欄》

1番	正しい	①	②	③	④
	正しくない	①	②	③	④

問題 2　メモを取りながら聞いてください。

1
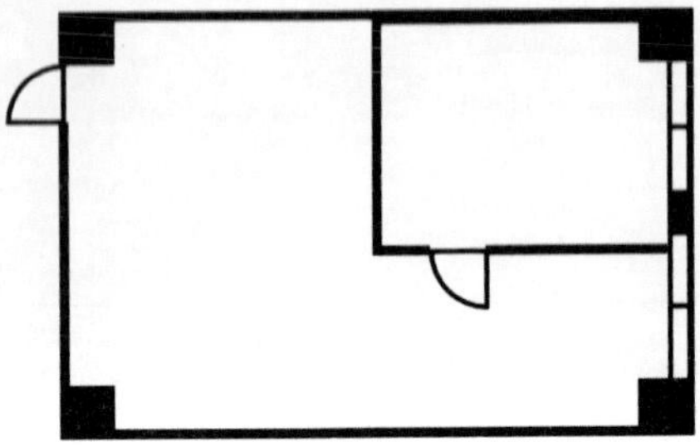

2
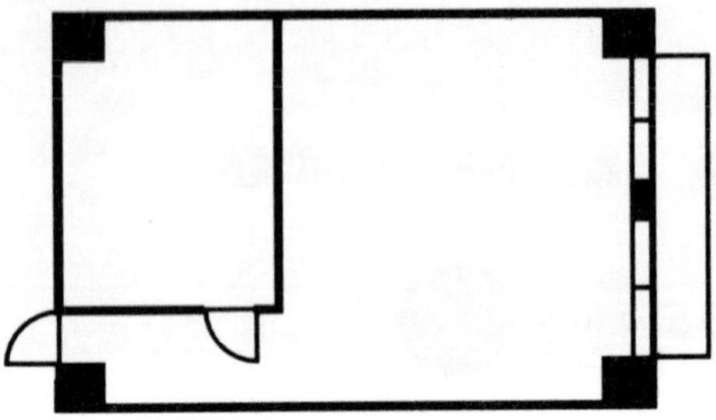

3
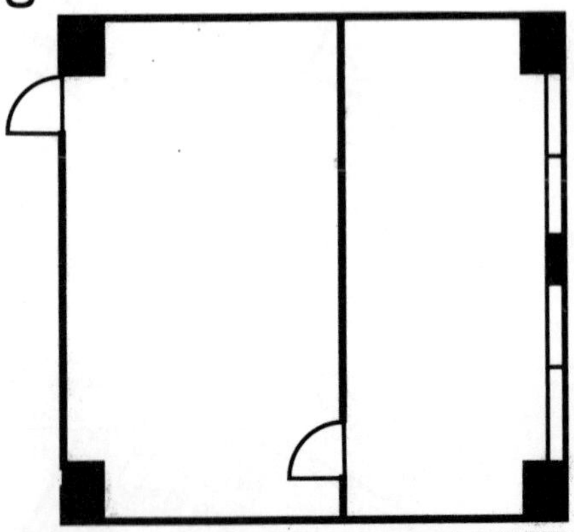

4
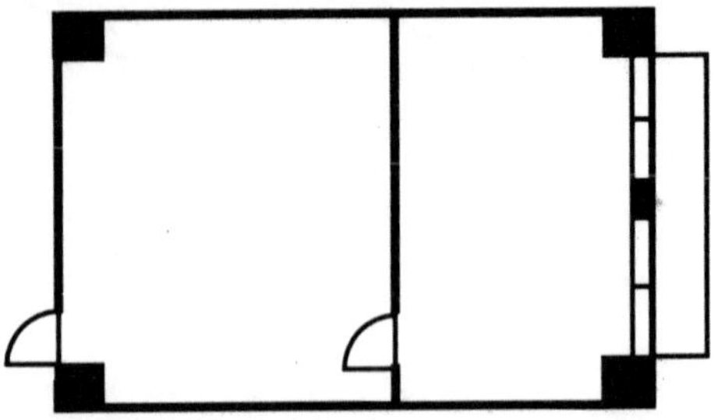

《解答欄》

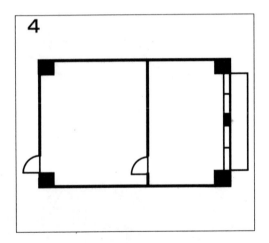

2番		
	正しい	① ② ③ ④
	正しくない	① ② ③ ④

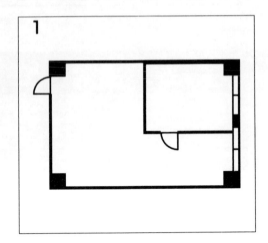

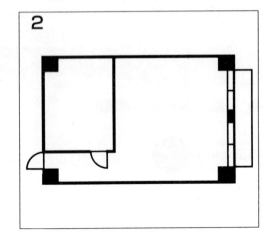

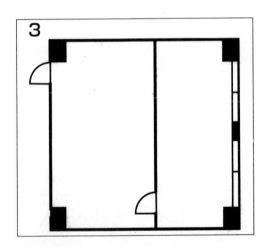

◆— 絵・図のない問題

問題 3 メモを取りながら聞いてください。

《解答欄》

3番		
	正しい	① ② ③ ④
	正しくない	① ② ③ ④

問題 4 メモを取りながら聞いてください。

《解答欄》

4番		
	正しい	① ② ③ ④
	正しくない	① ② ③ ④

メモ

タイプ5　話している人の意見を理解する

話している人が一番言いたいことは何かを聞き取る問題です。まず例題を使っていろいろな表現を見てみましょう。

★★★ 意見・考えを言うときの表現

・～じゃないかなあ／じゃないかしら
・～（ん）じゃないでしょうか／～（ん）じゃありませんか
・確かに ～ が、
・～ちょっと…

会話1

正しい方に○をつけてください。

（ ）大人のための童話です。　　（ ）大人のための童話ではありません。

会話2

正しい方に○をつけてください。

（ ）経済発展の方が大切です。　　（ ）自然保護の方が大切です。

会話3

正しい方に○をつけてください。

（ ）賛成です。　　（ ）賛成ではありません。

会話4

正しい方に○をつけてください。

（ ）賛成の意見　　（ ）反対の意見

会話5

正しい方に○をつけてください。

（ ）いいと言っています。　　（ ）よくないと言っています。

※テープの内容（スクリプト）は次のページにあります。

スクリプト

会話 1

この童話はむしろ、大人のためのものじゃないかなあ。

▶大人のための童話だと言っていますか、大人のための童話ではないと言っていますか。

会話 2

経済の発展は、自然を守ることより大切なんじゃないでしょうか。

▶経済発展と自然保護と、どちらが大切だと言っていますか。

会話 3

女：今の若者は、ファッションにだけ関心があるようですね。
男：そうかなあ。そうですか。

▶男の人は、女の人の考えに賛成ですか、賛成ではありませんか。

会話 4

女：能力試験に合格するためには、初級のときから問題集をやったほうがいいと思いますけど。
男：確かにそうかもしれませんが…。

▶男の人は、この後、どんな意見を言うでしょうか。女の人に賛成の意見ですか、女の人に反対の意見ですか。

会話 5

女：このマンション、いいんじゃない。
男：あ、これはちょっと…。

▶男の人は、マンションがいいと言っていますか。よくないと言っていますか。

会話 1 大人のための童話です。 **会話 2** 経済発展の方が大切です。

会話 3 賛成ではありません。 **会話 4** 反対の意見 **会話 5** よくないと言っています。

それでは問題をやってみましょう。

問題 1 メモを取りながら聞いてください。

《解答欄》

1番	正しい	① ② ③ ④
	正しくない	① ② ③ ④

問題 2 メモを取りながら聞いてください。

《解答欄》

2番	正しい	① ② ③ ④
	正しくない	① ② ③ ④

問題 3 メモを取りながら聞いてください。

《解答欄》

3番	正しい	① ② ③ ④
	正しくない	① ② ③ ④

問題 4 メモを取りながら聞いてください。

《解答欄》

4番	正しい	① ② ③ ④
	正しくない	① ② ③ ④

問題 5 メモを取りながら聞いてください。

《解答欄》

5番		
	正しい	① ② ③ ④
	正しくない	① ② ③ ④

メモ

タイプ6 グラフを読み取る

何かの変化や割合について話しています。
グラフを見ながら、書いてある数字に注意して聞きましょう。

問題 1 メモを取りながら聞いてください。

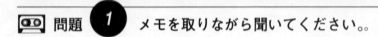

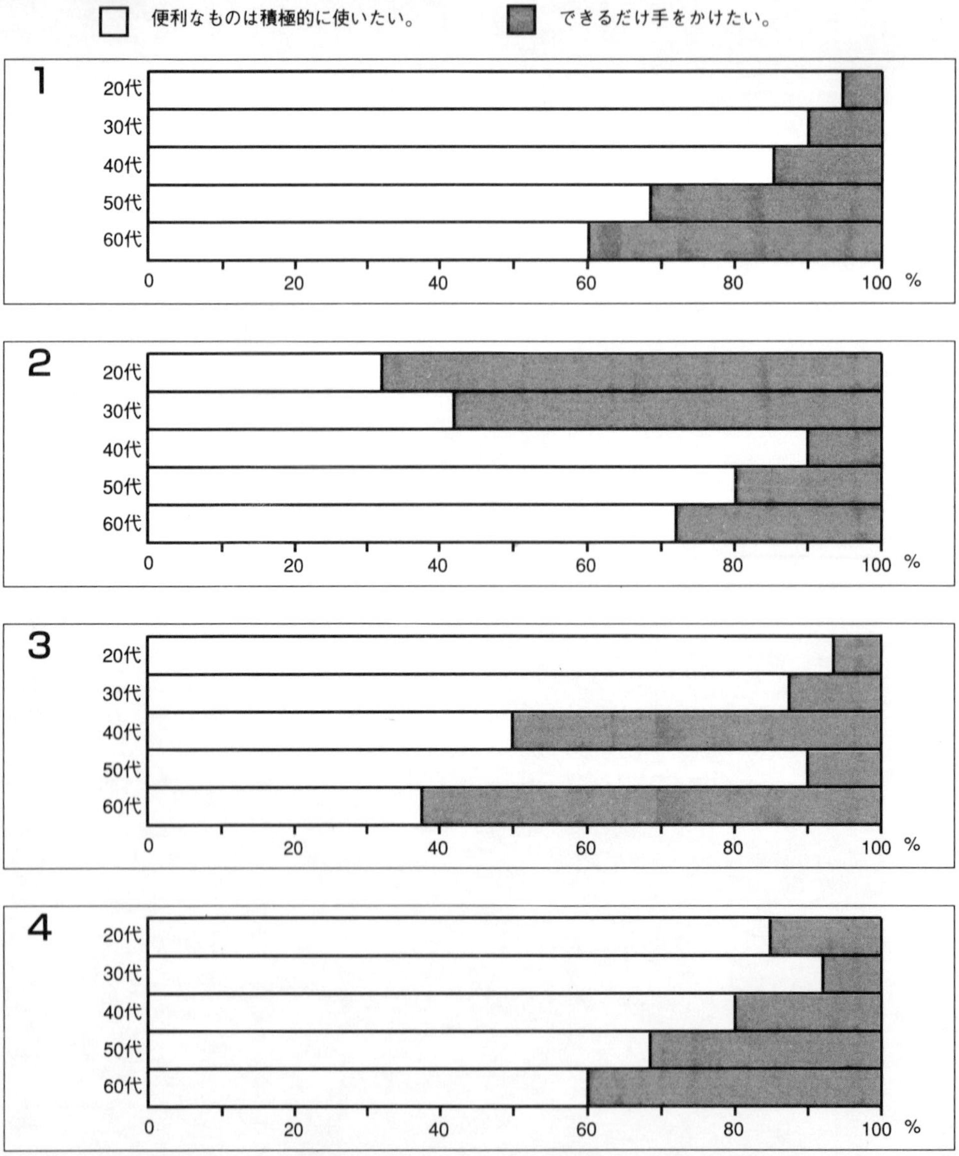

《解答欄》

1番	正しい	①	②	③	④
	正しくない	①	②	③	④

問題 2 メモを取りながら聞いてください。

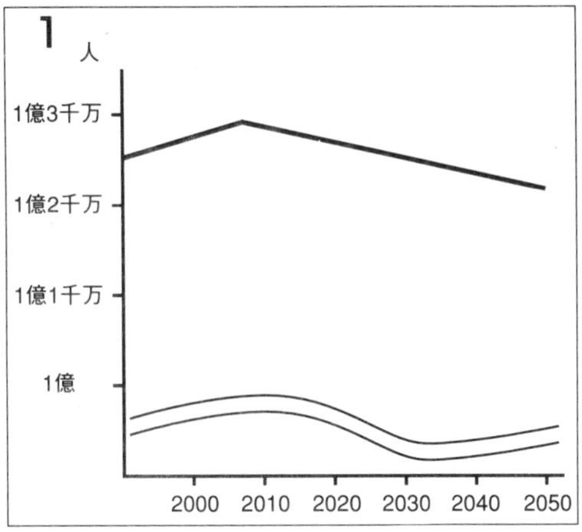

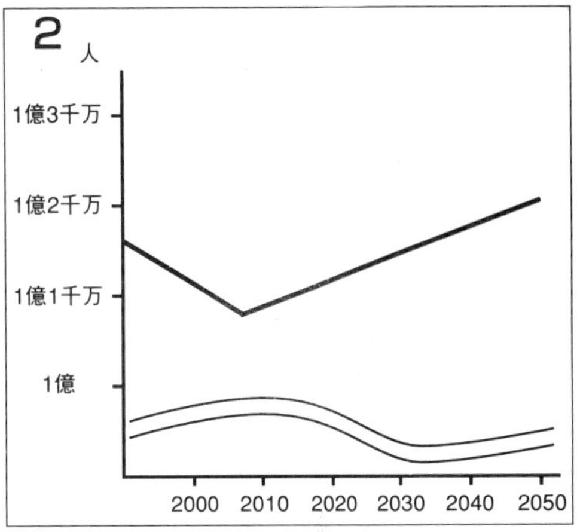

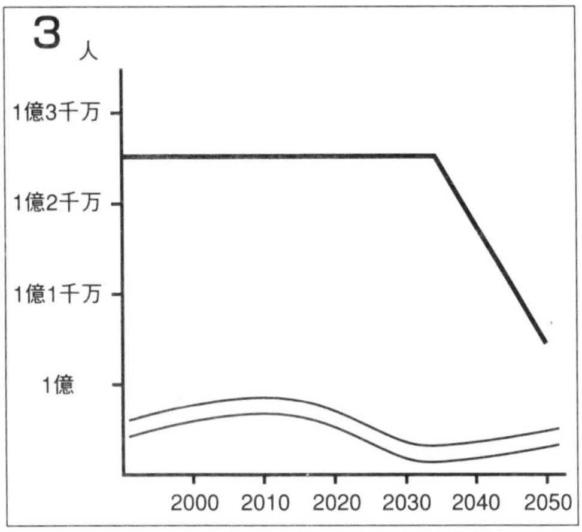

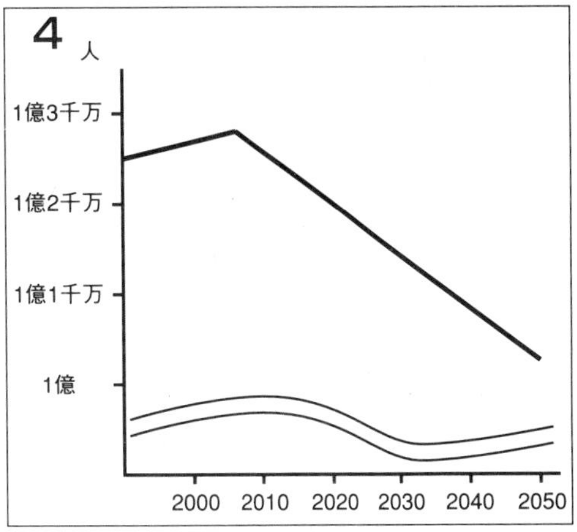

《解答欄》

2番	正しい	① ② ③ ④
	正しくない	① ② ③ ④

問題 3 メモを取りながら聞いてください。

1
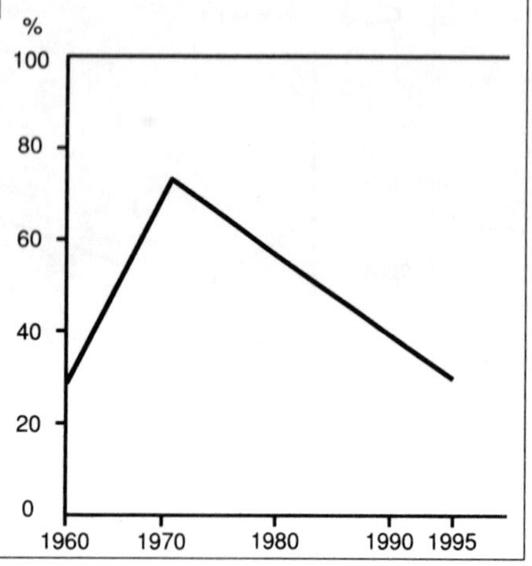

2
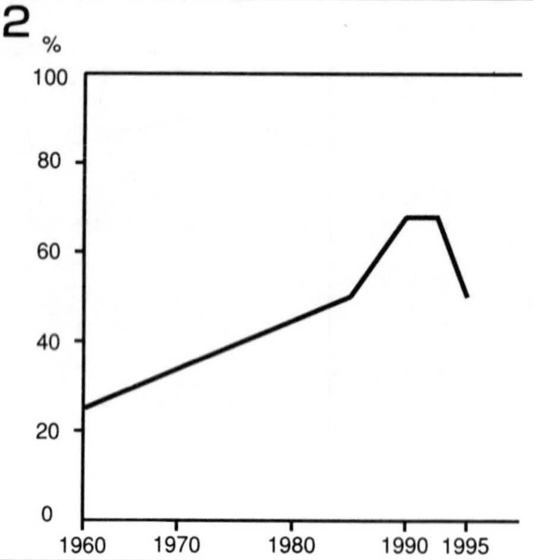

3
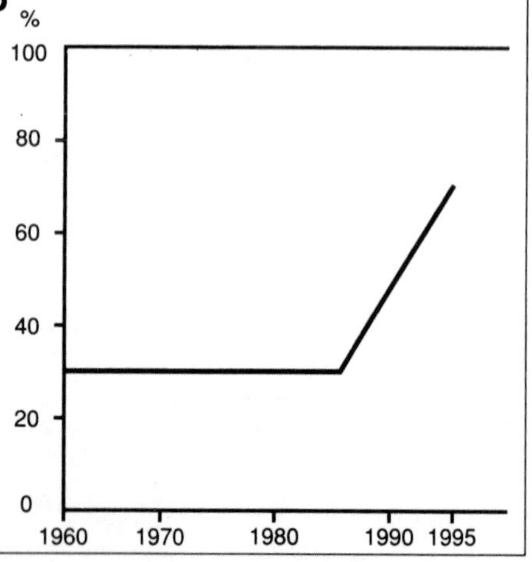

4
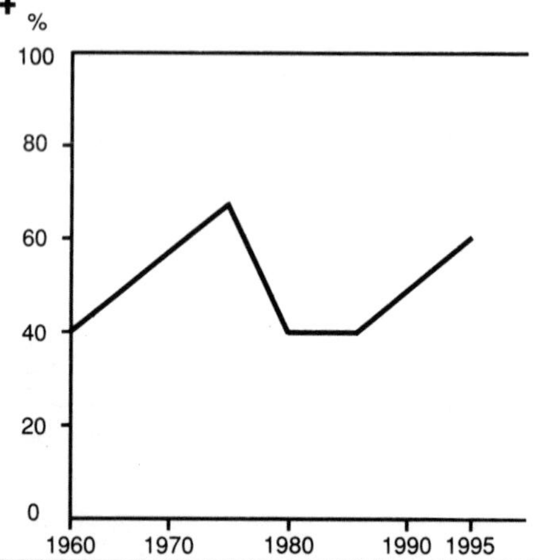

《解答欄》

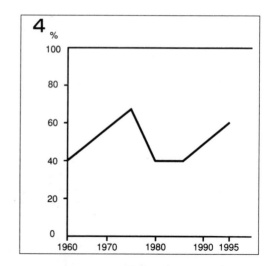

3番					
	正しい	①	②	③	④
	正しくない	①	②	③	④

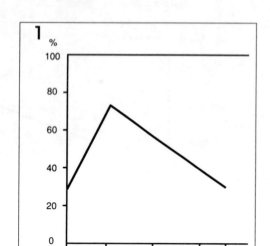

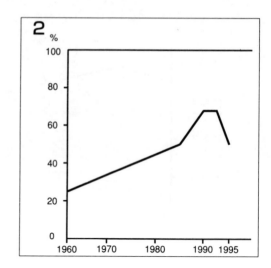

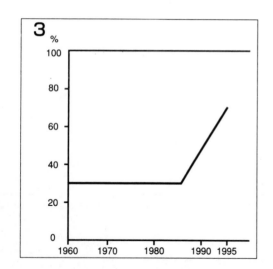

日本語能力試験模擬試験

聴　解

（100点　45分）

解答用紙…135ページ

※切り取って使ってください。

この模擬試験は本試験の聴解と同じ45分で解答するよう作られています。解答用紙に、本番と同じように答えをマークしてください。また、自分で練習するときは、テープを途中で止めずに一度最後までやってみてください。答えを確かめた後、間違った問題や自信がなかった問題をもう一度聞いてみるとよいでしょう。

この模擬試験は、１級と２級両方に対応しています。２級を受験する人にとっては、少し難しい問題も含まれていますが、わからなかったからといってあまり気にしないでください。聴解の試験は、問題に慣れることが大事です。苦手な問題があったら、第２部に戻ってもう一度練習しましょう。

問題 I

例

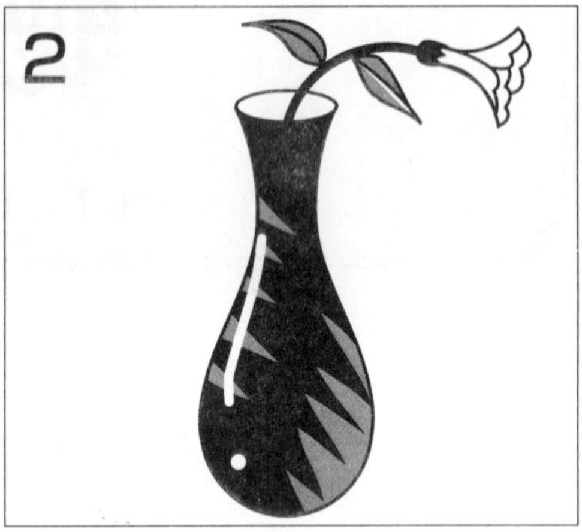

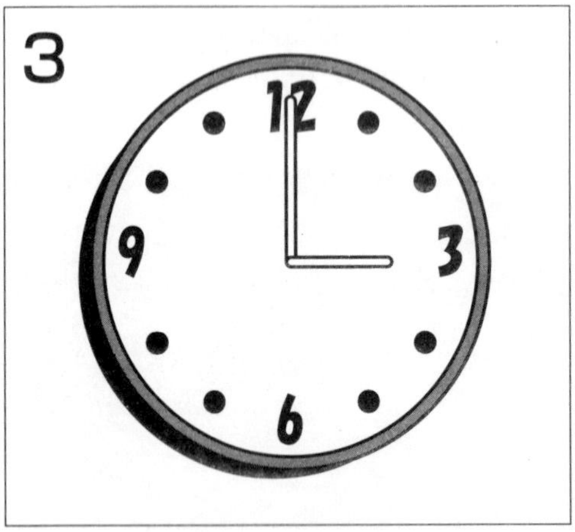

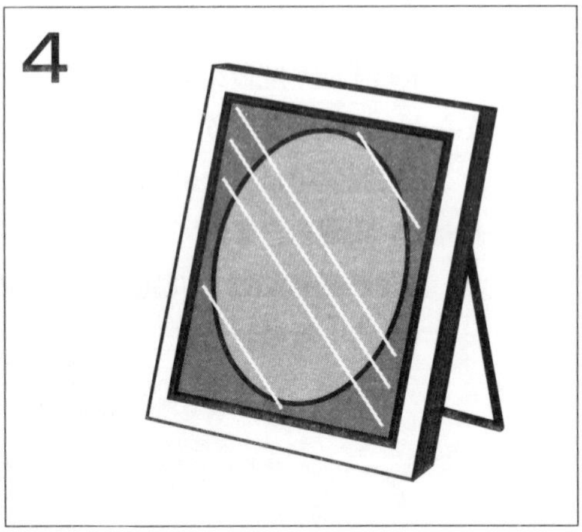

1番

2番

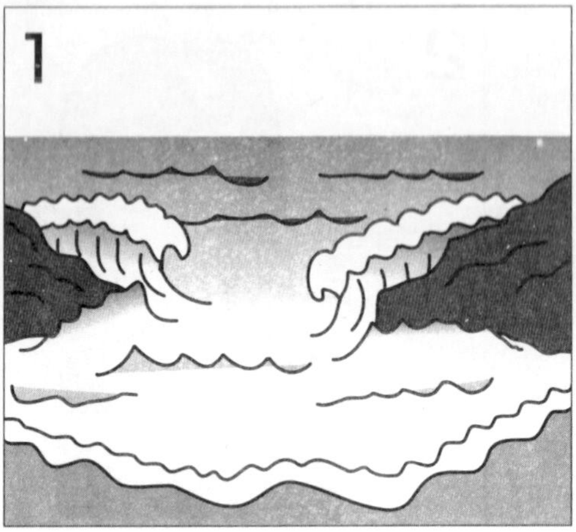

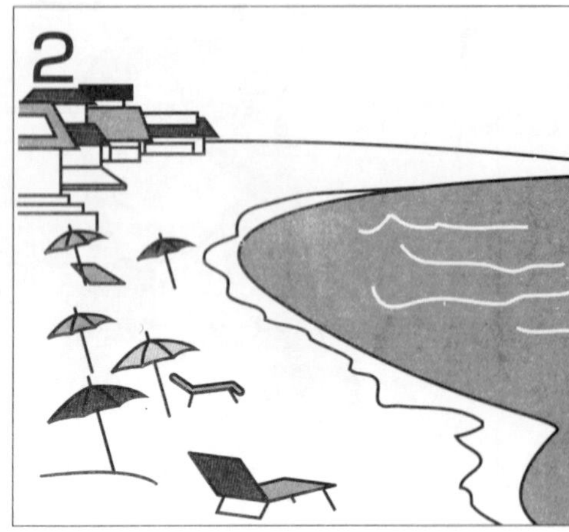

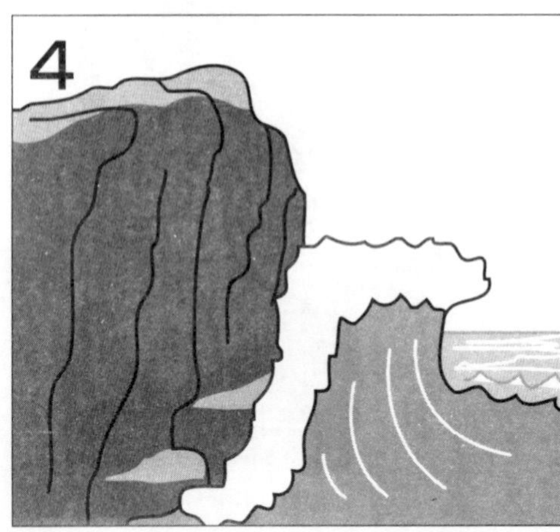

3番

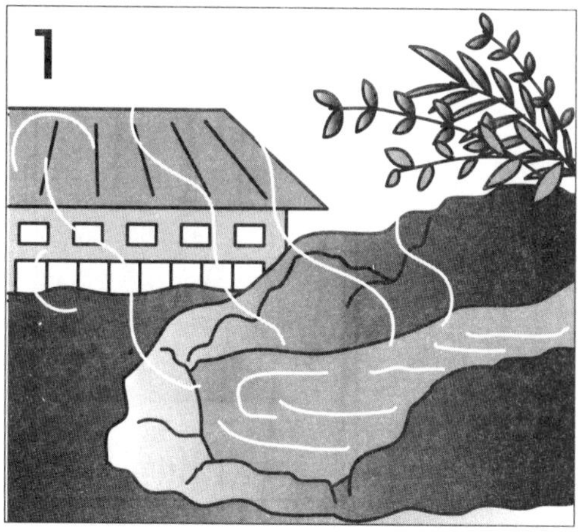

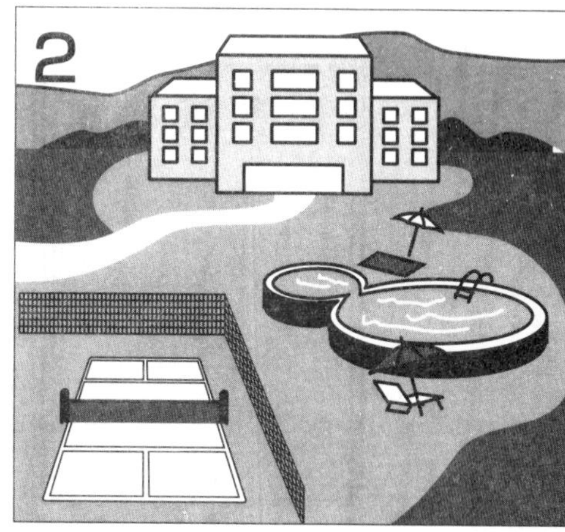

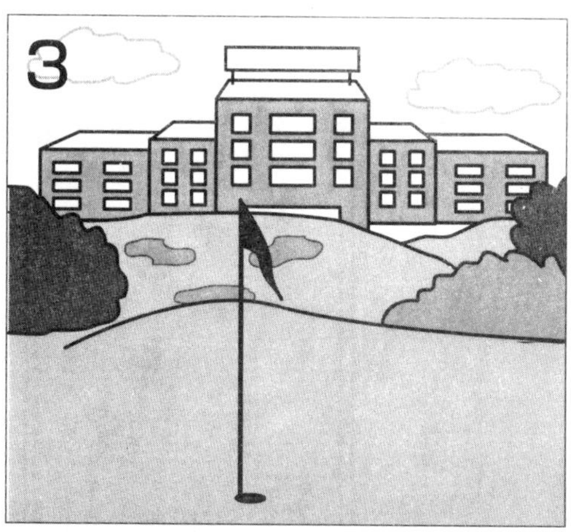

4番

1

2

3

4

5番

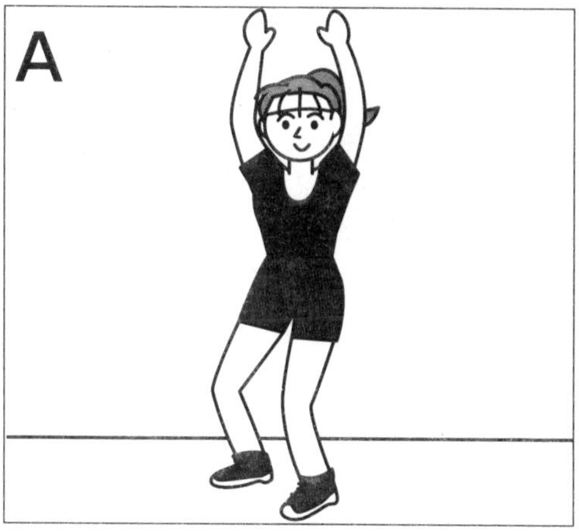

1. A → B → C → D
2. A → C → B → D
3. B → A → C → D
4. C → D → A → B

6番

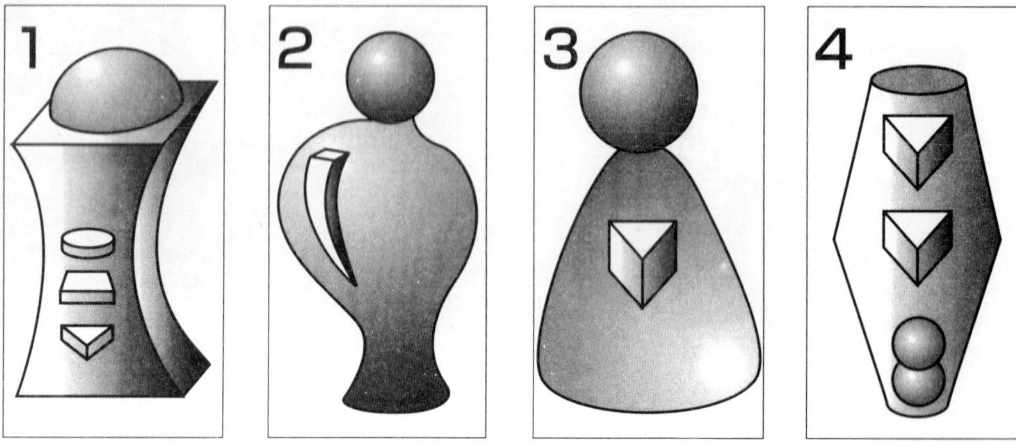

7番

8番

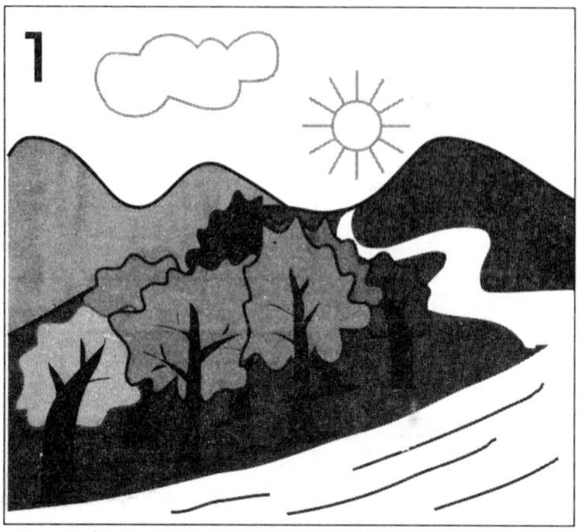

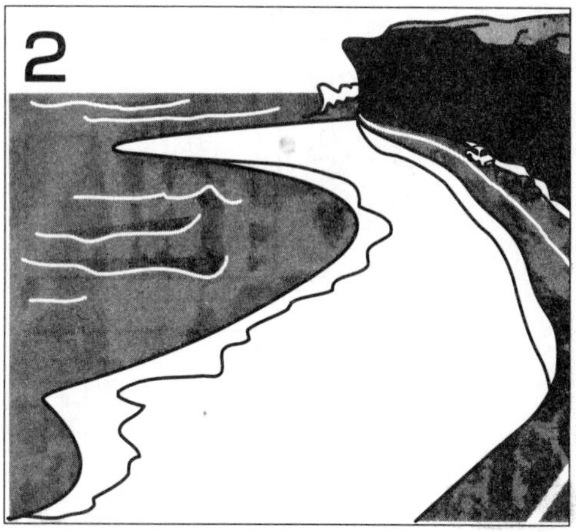

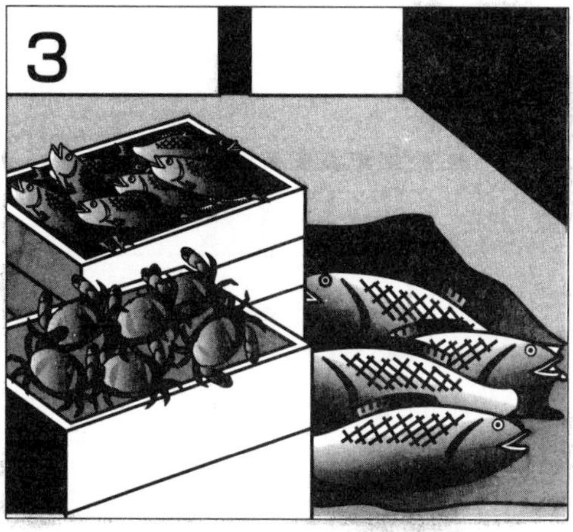

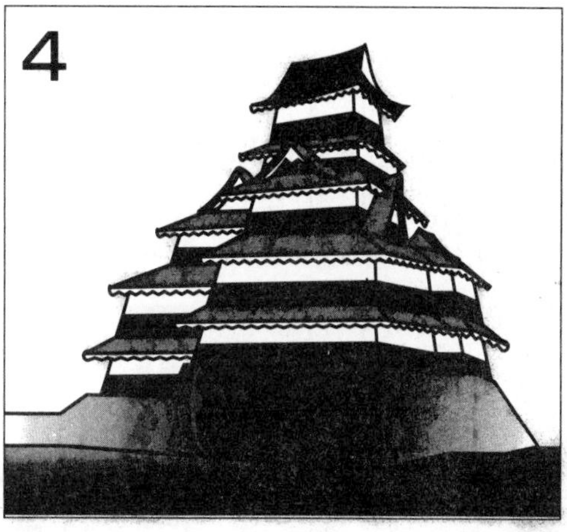

9番

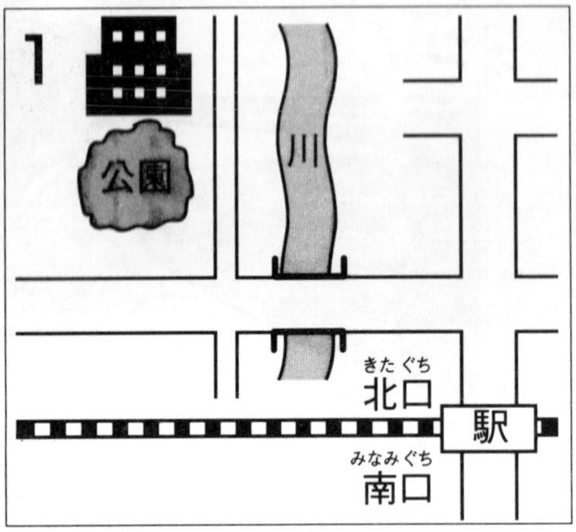
1
公園
川
きたぐち
北口
駅
みなみぐち
南口

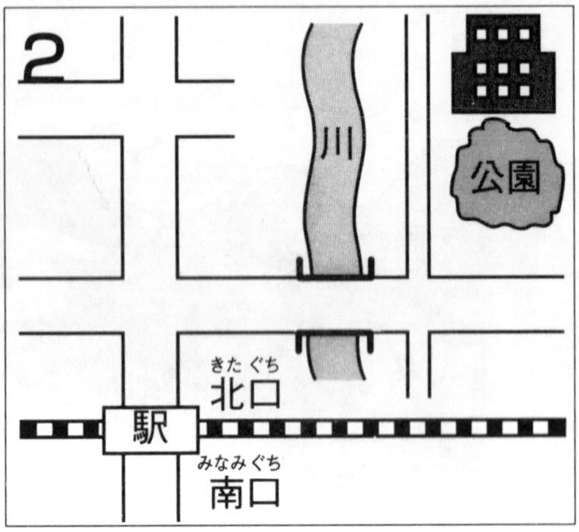
2
川
公園
きたぐち
北口
駅
みなみぐち
南口

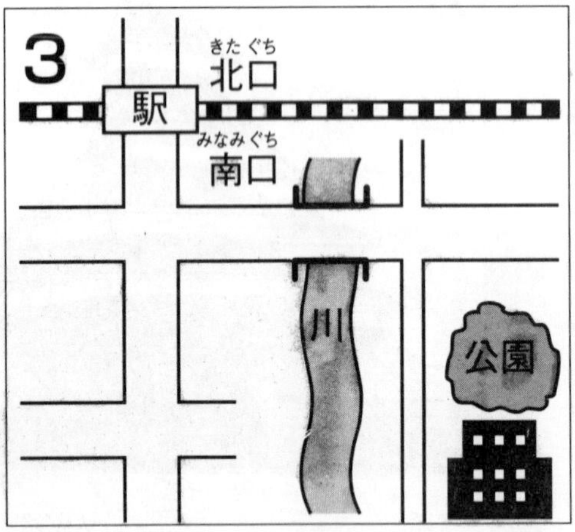
3
きたぐち
北口
駅
みなみぐち
南口
川
公園

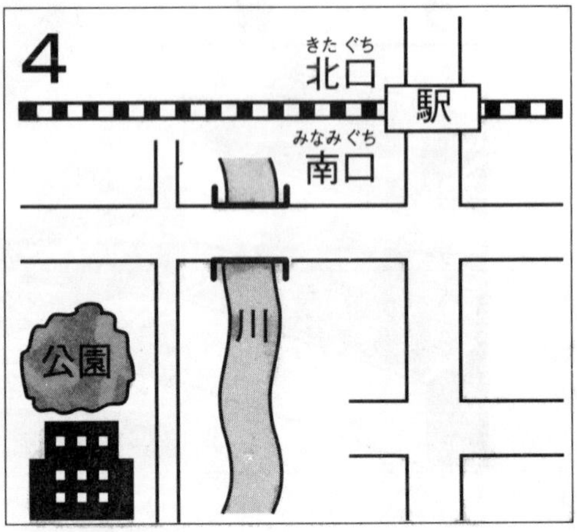
4
きたぐち
北口
駅
みなみぐち
南口
川
公園

10番

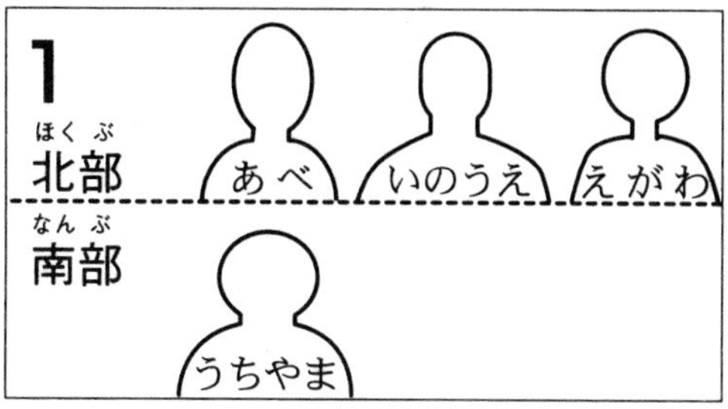
1
ほくぶ
北部
なんぶ
南部
あべ
いのうえ
えがわ
うちやま

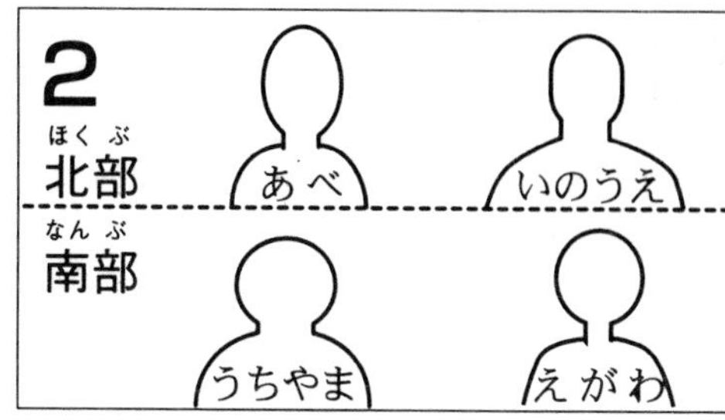
2
ほくぶ
北部
なんぶ
南部
あべ
いのうえ
うちやま
えがわ

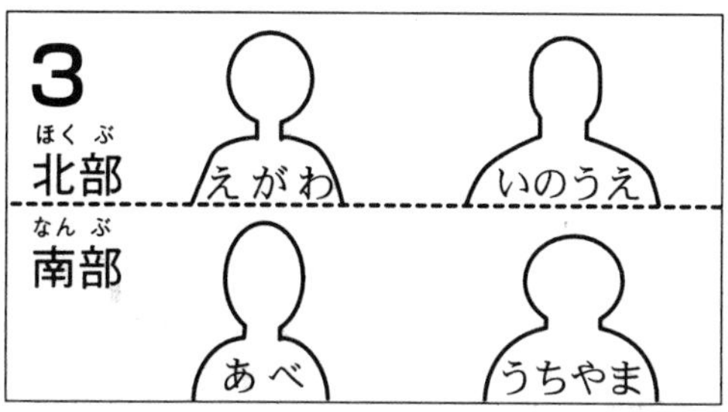
3
ほくぶ
北部
なんぶ
南部
えがわ
いのうえ
あべ
うちやま

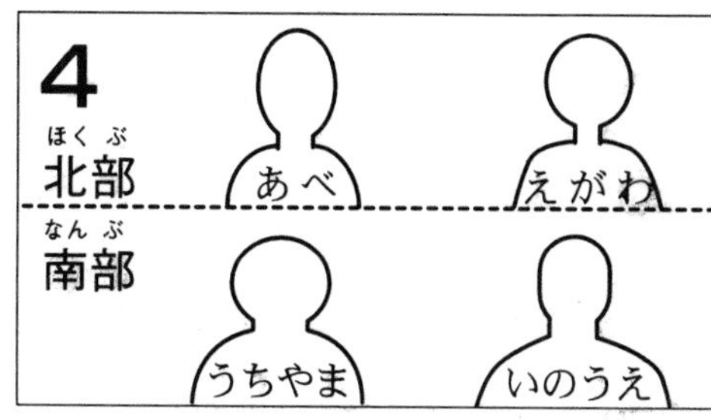
4
ほくぶ
北部
なんぶ
南部
あべ
えがわ
うちやま
いのうえ

11番

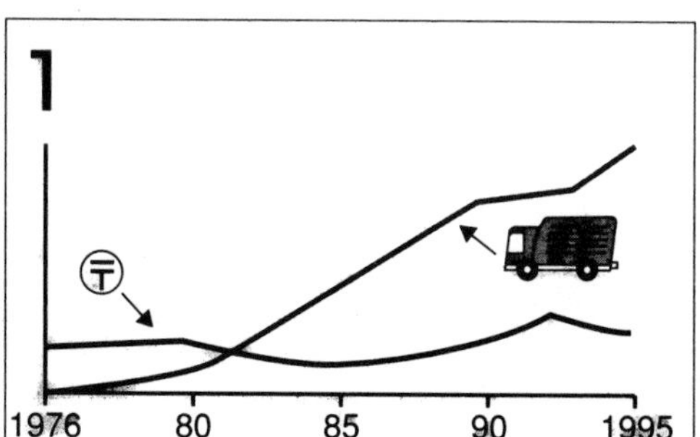
1
〒
1976
80
85
90
1995

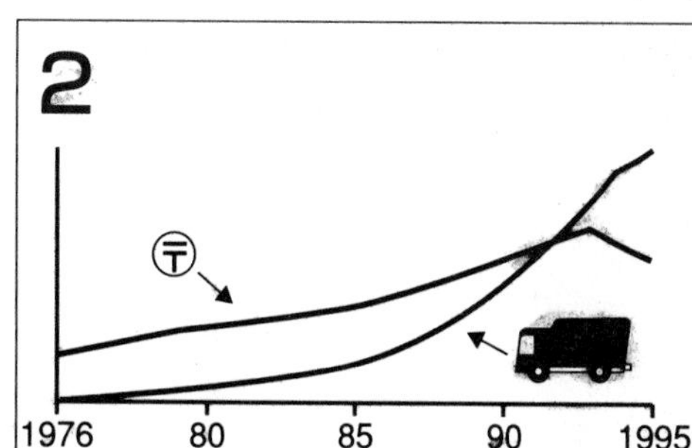
2
〒
1976
80
85
90
1995

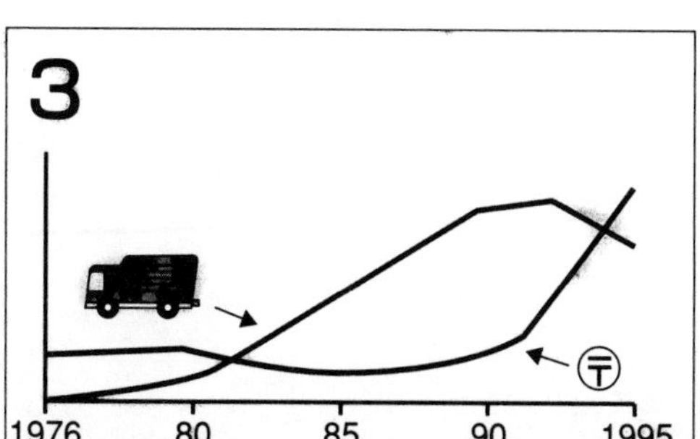
3
〒
1976
80
85
90
1995

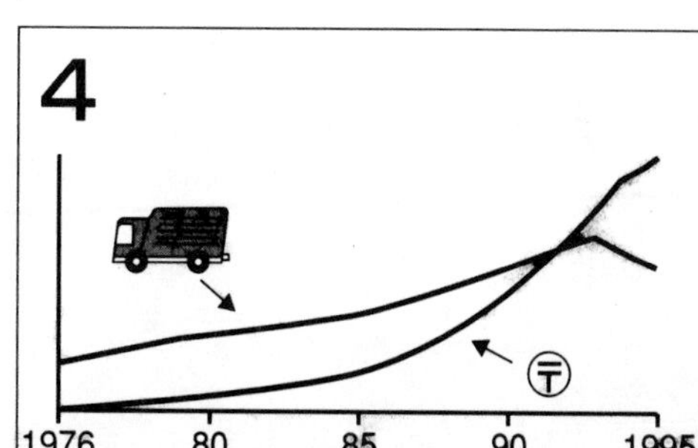
4
〒
1976
80
85
90
1995

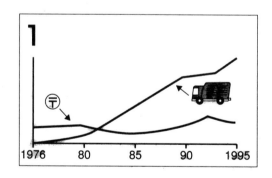

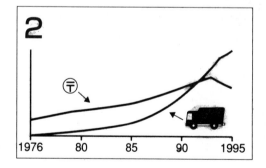

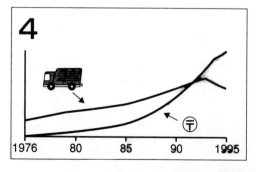

問題 II

絵はありません。

例

このページはメモに使ってもいいです。

付録

スクリプト・解答・解答用紙

第２部　タイプ別問題
スクリプト

タイプ１　何かについての説明を聞き取る

問題1 **男の人と女の人がデパートで話しています。何について話していますか。**

女：わぁ、ずいぶんいろいろなものがあるのね。

男：そうだね。最近は、いろんなデザインのものが出てきたんだね。男でも、ずいぶんおしゃれなものを持つやつもいるからね。

女：うわぁ、こんなに高いものもある。でも、私はすぐどこかに忘れちゃうから、あんまり高いものは…。

男：おれなんか、ビニールでたくさんだよ。

女：でも、おしゃれして出かけるときなんかは、ビニールじゃみっともないわ。

男：確かにそうだな。それに、風が強い時はすぐこわれちゃうしね。

女：私、これ買おうかな。値段も手ごろだし、何にでも合いそうだから。

▶男の人と女の人は何について話していますか。

問題2 **女の人が、犯人の様子について話しています。犯人はどの男ですか。**

私が買い物から帰ってくると、うちの中から男の人が出てきて逃げていったんです。髪は長めで…あ、茶色にしていました。顔は…サングラスをかけていましたからね、よくわかりません。服装は…白っぽいズボンに黒っぽいジャンパーを着ていました。背はあまり高くなかったかな。ちょっと太めだったと思います。うちの中はめちゃくちゃですよ。刑事さん、早く犯人をつかまえてくださいね。

▶犯人はどの男ですか。

問題3 **男の人と女の人が机の並べ方について話しています。机はどのように並べますか。**

女：どういうふうに並べましょうか。え～と、みんなが前を向いていると、お互いに顔が見えないし、意見が出しにくいですよね。だから、みんなが円になるというのはどうでしょう。

男：でも、出席者が50人だろう。そうすると輪が大きくなりすぎて、お互いが遠くなっちゃうよ。それより、司会者のところは１列で、あとは２列にしてコの字型にしたらどうだろう。

女：そうですね。じゃ、そうしましょう。

▶机はどのように並べますか。

問題4 あしたの予定について説明しています。ワイン工場見学に参加する人は、何時にどこに行けばいいですか。

あしたの予定について説明します。あした、市内観光に参加する人は、朝食の後、ロビーに9時に集合してください。郊外のワイン工場見学に参加する人は、出発が早いので、バスの中で朝食となります。集合は7時半にロビーです。バスは7時45分に出発しますから、絶対に遅れないようにしてください。

▶ワイン工場見学に参加する人は、何時にどこに行けばいいですか。

①9時にロビーです。
②7時半にロビーです。
③7時半にバスです。
④7時45分にロビーです。

問題5 新しい自転車について話しています。この自転車は、どんな人のために作られましたか。

BBサイクルが今度発売する自転車ハッピーは、50歳以上の女性が乗りやすいように工夫してあります。今までの製品に比べてお尻を乗せるところを少し後ろに倒してあり、車体とペダルの高さを約2.5センチ低く、また、重さも1.4キロ軽くしてあります。車輪の直径は20インチです。変速機なしのタイプで38,000円です。

▶この自転車はどんな人のために作られましたか。

①背の低い人のためです。
②体重の軽い人のためです。
③お尻の大きい人のためです。
④年配の女性のためです。

問題6 テレビで新製品の説明をしています。アーロドリンクというのは、何ですか。

このアーロドリンクは今までどんなやり方をしてもだめだったという方にお勧めです。おいしいゼリー状で1日3回、食事代わりにお飲みください。栄養がバランスよく配合されています。体調を崩すこともありません。早い方なら、1週間で5キロも減量できるんですよ。お申し込みはハガキまたはお電話でどうぞ。

▶アーロドリンクというのは、何ですか。

①栄養を補給するための薬です。
②食事をしながら飲む飲み物です。
③やせたい人のための飲み物です。
④体調を整えるための薬です。

タイプ2　二人の人の共通点を見つける

問題1 **男の人と女の人がいつテニスをするか話し合っています。何曜日にすることになりますか。**

女：来週、テニスしない。
男：いいねえ。いつにする。ぼくは週末はアルバイトがあるから、平日がいいな。
女：だって、平日は授業があるじゃない。無理よ。
男：夜も使えるコートを予約すればいいんだよ。そうだ。うちの近くにあるよ。
女：あ、そう。じゃ、そうしましょう。私、月曜と金曜は英会話だから、それ以外がいいわ。
男：ぼくは、週の前半がいいな。あ、でも、たしか水曜日はお休みだよ、あのコート。
女：じゃ、この日ね。

▶二人は何曜日にテニスをすることになりましたか。

①月曜日です。
②火曜日です。
③木曜日です。
④土曜日です。

問題2 **男の人と女の人が映画について話しています。二人はどの映画を見ることになりますか。**

女：久しぶりに映画でも見たいわね。
男：じゃ、行くか。
女：何見る。
男：コメディーはどう。この「お笑い旅日記」っていうの。
女：えーっ。ロマンチックなのがいいわ。
男：ロマンチックコメディーだよ。
女：いやだ、もっとちゃんとしたラブロマンス。「思い出の海辺」、これがいいわ。
男：そんなの、退屈だよ。見る前からだいたい筋がわかっちゃうよ。あっ、これどう。「バラとナイフ」。ハードボイルドでロマンスも入ってるよ。「殺し屋のメロディー」、これもいいな。
女：でも、ナイフとか殺しは苦手なのよ。
男：しょうがないなあ。じゃ、君に合わせるか。

▶二人はどの映画を見ることになりましたか。

①「お笑い旅日記」です。
②「思い出の海辺」です。
③「バラとナイフ」です。
④「殺し屋のメロディー」です。

問題3 部長と女子社員がホテルのパンフレットを見ながら話しています。二人はどのホテルに決めますか。

女：部長、今度のホワイト社の社長来日の件なんですが、ホテルはどこを予約いたしましょうか。

男：社長は日本通だから、ホテルより日本旅館のほうがいいんじゃないか。

女：でも、奥様がごいっしょですから…。奥様は日本旅館はお困りじゃないでしょうか。

男：そうか。でもせっかく日本にいらっしゃるんだから、日本的な所のほうがいいしなあ。

女：じゃ、ここはどうでしょうか。ここなら日本庭園もございますし…。

男：ここか。ここもいいけど、こっちのホテルの和風レストランはなかなかの評判だよ。

女：でも、お食事は日本料理のお店を予約してありますので…。

男：そうか。じゃ、やっぱりここがいいな。

▶二人はどのホテルに決めましたか。

①和風の旅館です。
②和風レストランのあるホテルです。
③日本庭園のあるホテルです。
④和風レストランと日本庭園のあるホテルです。

タイプ3　順番を正しく並べる

問題1 食品工場での手の洗い方を説明しています。正しい順序はどれですか。

食中毒防止のために、仕事の前に固形石けんと液体石けんで手を洗ってください。まず、固形石けんでよく手を洗います。流す前に、つめ用のブラシで指先もきれいにしてください。いったん石けんを水で流したあと、液体石けんでもう一度よく洗います。洗い終わったらタオルでふかないで、温風で乾かしてください。

▶正しい手の洗い方の順序はどれですか。

問題2 病院で、患者の男の人と受付の女の人が話しています。男の人は次に何をしますか。

男：血液検査が終わったんですが…。

女：では、診察室へ行ってください。それが終わったら、レントゲンです。

男：はい。

女：その前に、ここでこの用紙に記入して、診察室にお持ちください。全部終わりましたら、会計をすませて、お帰りください。

男：結果はいつになるでしょう。

女：１週間後に聞きにいらしてください。

男：はい、わかりました。

▶男の人は次に何をしますか。

問題3 **自転車の利用のしかたについて話しています。この自転車を使うためには、どうすればいいですか。**

東京のあるマンションでは、自転車を置く場所が少ないため、20台の自転車を共有することにしました。この自転車を使いたい人は、まず、1年分の使用料2000円を管理組合に払って登録し、カードを受け取ります。このカードをキーボックスに通すと、自転車の鍵を外すことができるというシステムです。利用者の一人は、「使いたいときにいつでも使えるので、自分の自転車と変わらない。買い物に使う程度なら、これで十分だ」と話しています。

▶この自転車を使うためには、どうすればいいですか。

問題4 **男の人と女の人が出張について話しています。男の人の出張の順序はどれですか。**

女：今回の出張は、ずいぶん大変だったそうですね。
男：そうなんだよ。市場調査のために全部で4か国もまわったんだよ。
女：4か国も。大変だったんですね。
男：最後のイギリスでは、疲れて食欲がなくなってしまって…。その前のフランスでおいしいものを食べ過ぎたから、ちょうど良かったのかもしれないけど。
女：まあ。で、報告書はもう書けたんですか。
男：一番最初のアメリカの分は書けたんだけど、ドイツの分はまだ途中で…。部長に早くしろって言われてるんだ。

▶男の人の出張の順序はどれですか。

①フランス、ドイツ、アメリカ、イギリス
②アメリカ、ドイツ、フランス、イギリス
③イギリス、フランス、ドイツ、アメリカ
④アメリカ、フランス、ドイツ、イギリス

問題5 **音楽コンテストの参加者に控室(ひかえしつ)に入る順序について説明しています。13番の人はいつ控室に入りますか。**

音楽コンテストの参加者の皆さんに説明します。まず、入り口横の受付で自分の番号を確認してください。1番から10番の人はすぐに控室に入ってください。11番から20番の人は、すぐに入らないで客席に座っていてください。すぐに開会のあいさつが始まります。5番の人の演奏が終わったら、11番から15番の人は控室に入ってください。16番から後の人は、10番の人の演奏が終わってからです。

▶13番の人はいつ控室に入りますか。

①受付を済ませたらすぐ入ります。

②開会のあいさつが終わったら入ります。
③５番の人の演奏が終わったら入ります。
④10番の人の演奏が終わったら入ります。

問題6 ウエディングドレスの展覧会が全国で行われます。京都で行われるのは、何番目ですか。

ウエディングドレスの展覧会のお知らせをします。昨年に続いて世界のトップデザイナー40人がパリ、ミラノなどのコレクションで発表したばかりのウエディングドレスを紹介するものです。来月15日から21日までは東京都内のデパートの美術館で開催され、これを皮切りに全国７か所で開かれる予定です。それぞれ１週間で、東京に続いて横浜、名古屋、京都、大阪、神戸、広島の順です。入場料は、一般900円、大学生、高校生は700円、小中学生は300円です。

▶京都で行われるのは、何番目ですか。

①３番目です。
②４番目です。
③５番目です。
④６番目です。

タイプ４　規則や条件に合うものを見つける

問題1 スポーツクラブの入会の手続きについて話しています。今日、入会の手続きができない人は、どの人ですか。

スポーツクラブの入会に必要なものは、入会金と身分を証明するものです。入会金は学生が５千円で、一般は１万円です。身分を証明するものは、運転免許証など写真のついているものなら、１種類で結構です。保険証など写真のないものは２種類必要です。銀行のカードは住所が確認できないので、使えません。足りない物がある方は、申し訳ありませんが、今日は手続きができません。

▶今日、入会の手続きができない人は、どの人ですか。

問題2 男の人が不動産屋でマンションを探しています。どのマンションに決めますか。

男：この辺りでオフィスにちょうどいいマンションを探しているんですが。
女：ワンルームがいいでしょうか。
男：いや、二部屋に分かれているほうがいいんです。一部屋は小さくていいんですが。
女：じゃ、これかこれはどうでしょうか。どちらも月12万円ですが。
男：ううん、小さい部屋は、奥にあるほうがいいんですけど。こっちはベランダがないんですね。

女：じゃ、こちらはいかがですか。これでしたらベランダがありますが。
男：でも、広い部屋に窓がなくなっちゃうなあ…。いくらなんですか。
女：こちらはちょっとお安くて、月11万円です。
男：そうか…。でもそのぐらいのちがいならさっきの窓のあるほうがいいな。さっきのにします。

▶男の人はどのマンションに決めましたか。

問題3 **女の先生と男の生徒が受験する大学について話しています。男の生徒が受ける大学の試験科目は何ですか。**

女：そろそろ志望校を決めなきゃいけませんね。得意な科目は。
男：う～ん…数学は好きだけど理科は全然だめだし、社会は好きだけど国語はね…。
女：で、英語は。
男：まあまあかな。
女：じゃ、この３科目で受けられる学校を考えればいいんですね。
男：そんな学校、ありますか。
女：あることはありますよ、少ないですけど。ほら、ここはどう。いい大学だし。
男：あ、ほんとだ。じゃ、ここ受けてみます。

▶男の生徒が受ける大学の試験科目は何ですか。

①数学と理科と英語です。
②国語と社会と英語です。
③数学と国語と英語です。
④数学と社会と英語です。

問題4 **スピーチコンテストに出場できる条件について話しています。スピーチコンテストに出場できるのはどの人ですか。**

来月の25日に外国人による日本語のスピーチコンテストを行います。主催は東京都です。東京都にお住まいの外国籍で18歳以上の方なら、どなたでも参加できます。ただし、日本に来て３年以内であることが条件です。内容はどんなことでも結構です。まず、原稿を送ってください。その後のことは、追って連絡します。多くの方の参加をお待ちしております。

▶スピーチコンテストに出場できるのは、どの人ですか。

①４年前に日本に来ました。今、高校生です。
②大阪にある会社に勤めています。タイから来ました。
③日本に来てまだ１年なんです。中学生です。
④２年前に日本に来ました。東京で大学生活を送っています。

タイプ5　話している人の意見を理解する

問題1 **男の人と女の人が新入社員のことばづかいについて話しています。新入社員と話すとき、どうすればいいと言っていますか。**

男：新入社員が入ってきましたけど、最近の若い人の話し方って、何か違いますね。

女：若者特有のことばを使いますからね。アクセントが違う場合もあるし、同じことばでも私たちが使っているのとは意味が違うものもありますし…。

男：彼らと親しくなるには、こちらも少しは若者ことばを使ったほうがいいんですかねえ。

女：そんな必要、ないんじゃないですか。下手にまねをすると、かえって…。

男：つまり、無理しないほうがいいってことでしょうかねえ。

女：そうですよ。今までどおりでいいんじゃないかしらねえ。

▶新入社員と話すとき、どうすればいいと言っていますか。

①ふつうの日本語を話したほうがいいです。
②若者ことばを少し使ったほうがいいです。
③アクセントを変えたほうがいいです。
④上手にまねをしたほうがいいです。

問題2 **男の人と女の人が行列のできる店について話しています。どうして店の前に行列ができると言っていますか。**

女：ねえ、知ってる。あそこのパン屋さん、いつも行列ができてるでしょ。テレビでも紹介されたことがあるのよ。

男：え、ほんと。

女：あのね、あれ、みんなフルーツパン買おうとしてるのよ。

男：フルーツパン。へえ、買ったことあるの。

女：あるんだけど、特別おいしいってわけじゃないの。でもね、行列を見ると、つい買いたくなっちゃうのよね。

男：たしかに。行列のできる店ってテレビで紹介されると、食べてみたくなるよね。行列してまでさあ。気に入るかどうかは別として。

女：日本人って、何かが人気だって聞くと、みんな飛びつくのね。すぐ飽きちゃうくせに。

▶どうして店の前に行列ができると言っていますか。

①パン屋さんの前に並ぶと、テレビに映るからです。
②みんなが買っていると、自分も買いたくなるからです。
③フルーツパンがおいしくて、毎日食べたいからです。
④おいしいパン屋さんをテレビで紹介してほしいからです。

問題3 **男の人が新しい工場を作るための調査結果を報告しています。どの場所がいいと言っていますか。**

えー、まずA地区なんですが、場所の条件はいいんですよ。ところが住民の反対が激しいんですね。押し切るのは無理がありますねえ。B地区は、工場が来ること自体は歓迎してくれてるんですが、なにしろ過疎(かそ)地帯ですから、従業員を集められるでしょうかねえ。若者はほとんどいませんから。C地区は交通の便が悪くて、どうにもなりませんね。D地区はかなり地価が上がっていますから、ちょっと…。結論を言いますと、まあ、現状から見ると、従業員なら何とかできるかもしれませんね。

▶どの場所がいいと言っていますか。

①A地区です。
②B地区です。
③C地区です。
④D地区です。

問題4 **女の人が健康食品について話しています。女の人は、健康食品についてどう考えていますか。**

最近、簡単にいろいろな栄養がとれる健康食品に人気があります。現代の食生活では不足しがちなカルシウムや鉄分が簡単にとれるのは便利でよいと思います。ところが、普通に料理したものを食べないで、簡単だからといってこういうものばかり食べる人もいるようです。確かに栄養は偏(かたよ)らないかもしれませんが、どうでしょうか。食べる目的はもちろん栄養をとることですが、それだけではありません。食べることを楽しむということも重要です。やはり健康食品は補助食品と考えるのが健全な食生活ではないでしょうか。

▶女の人は健康食品についてどう考えていますか。

①健康食品だけを食べていれば十分です。
②健康食品は食べるべきではありません。
③健康食品を食事に取り入れるのは楽しいです。
④健康食品だけで食事をするのは良くありません。

問題5 **体に障害のある人の旅行について話しています。どんなことを言っていますか。**

女性の一人旅、子供連れの旅、高齢者の旅など、多くの人々が旅を楽しむようになってきました。その中で、障害者の旅も年々少しずつ増えてきています。それに対して、旅行会社でもパッケージツアーを企画しはじめています。また、宿泊施設や交通機関もいろいろなサービスを用意しはじめています。だれもが旅を楽しむことができるようになるまで、あと一歩です。

▶体に障害のある人の旅行について、どんなことを言っていますか。

①体に障害のある人は、付き添いの人が必要です。
②体に障害のある人も旅行するようになってきました。
③体に障害があると、旅行はまだまだ難しいです。
④体に障害のある人のパッケージツアーはまだありません。

タイプ6　グラフを読み取る

問題1 台所に機械を取り入れたいかどうか、というアンケート調査の結果について話しています。二人が見ているのは、どのグラフですか。

男：若い人ほど便利なものは積極的に使いたいと考えている、ま、これは当然だね。
女：そうね、できるだけ家事に手をかけたいっていう人は、やっぱり年配の人よね。
男：そうだね。あ、でもほら、家事に手をかけたいって人は、30代より20代のほうが多くなっているよ。これは意外だね。
女：ああ、それは、30代は子育てが大変なんじゃない。
男：ああ、そうか。なるほど。

▶二人が見ているのは、どのグラフですか。

問題2 日本の人口の変化について説明しています。日本の人口の変化を表すグラフはどれですか。

日本の人口は、96年の統計によると１億2590万人。将来はどうなるかと言いますと、総人口は2007年には１億2778万人でピークに達した後、2050年には１億50万人まで減少する見込みです。子供の数がどんどん少なくなっているのが原因です。これからは、人口が少ないなりに豊かな社会を目指すのもひとつの方法でしょう。

▶日本の人口の変化を表すグラフはどれですか。

問題3 日本で上映された外国映画について話しています。外国映画の割合を表すグラフはどれですか。

1960年には総上映本数の約４分の１だった外国映画の割合は、その後どんどん増え続け、85年には半分弱、90年には約３分の２を占めるほどになりました。しかし、93年からは少しずつ減りはじめ、95年には85年と同じぐらいにまで下がっています。すっかり影を潜(ひそ)めていた日本映画が最近、復興の兆(きざ)しを見せているということでしょうか。

▶正しいグラフはどれですか。

日本語能力試験模擬試験　聴解
スクリプト

日本語能力試験模擬試験　聴解

これから、聴解試験を始めます。問題用紙を開けてください。

問題Ⅰ

絵を見て正しい答えを1つ選んでください。では、一度練習しましょう。

例　男の人と女の人が友だちの結婚のプレゼントについて話しています。何に決めますか。

女：何がいいかしら。やっぱり部屋に置くものがいいわよね。
男：そうすると、人形とか。それとも、花瓶。
女：もっと役に立つものがいいんじゃない。
男：じゃ、時計だ。
女：もう買ってるわよ、きっと。それより写真立ては。
男：そうだね。じゃ、そうしよう。

▶二人は何に決めましたか。

正しい答えは、4です。解答用紙の問題Ⅰの例のところを見てください。正しい答えは4ですから、答えは、このように書きます。では、始めます。

1番　女の人の髪がたについて話しています。女の人の髪がたは、今どうなっていますか。

男：あれっ、どうして髪を切ったの。ひょっとして、失恋。
女：そうなのよ、実はね…な～んて、うそ。ただイメージチェンジしたくなっただけ。
男：そうかあ。あんなに長かったからちょっともったいない感じもするけど、なかなかいいよ。10センチくらい切ったの。
女：うん。本当はもっと短くしたかったんだけど、急にはね。今度切るときは、思い切ってショートにするつもり。う～ん、でも…パーマをかけたほうが良かったかなあ。

▶女の人の髪がたは、今どうなっていますか。

2番　テレビで、ある海沿いの村を紹介しています。紹介されているのは、どの村ですか。

切り立った崖が海岸線ぎりぎりまで迫り、波が荒々しく打ち寄せています。人を寄せつけない自然の厳しさを感じさせずにはおきません。

▶紹介されているのは、どの村ですか。

3番 **社員旅行の行き先について話しています。女の人はどこへ電話しますか。**

女：今度の社員旅行、どこにしましょうか。いくつか、パンフレットをもらってきたんですけど。

男：そうだなあ。やっぱり、ゴルフ場のあるところがいいな。

女：ゴルフですか…。それより、温泉はどうでしょうか。ほら、ここ、大きな露天ぶろがありますよ。

男：うん、でも去年も温泉だったよね。もういいんじゃないかな。

女：そうですねえ。じゃあ…。ええと…あ、ここならホテルでテニスもできるし、プールもありますね。

男：ふ～ん、どれどれ…。うん、いいんじゃないかな。今回はスポーツ中心ってことで。

女：じゃ、ちょっと電話して、予約取れるかどうか、聞いてみますね。

▶女の人はどこへ電話しますか。

4番 **男の人と女の人が、本の表紙をどうするかについて話しています。表紙はどうなりますか。**

女：今度の新刊書の表紙なんですけど、いくつか作ってみました。どれがいいでしょうか。

男：う～ん、これはタイトルが大きすぎるよ。それから…これは、ごちゃごちゃしてて、タイトルが目立たないなあ。…これなんか、すっきりしていていいかな。でも、真ん中がちょっと寂しくないか。う～ん、そうだ、こうしよう。これにちょっと挿絵(さしえ)を入れて、そう、この寂しいところに。うん、そうすればこの本の雰囲気も出るし、いいだろう。

▶本の表紙はどうなりますか。

5番 **エアロビクスダンスの動きを教えています。どの順序で動きますか。**

さあ、いいですか。まず、両手を高く上げて、足踏みをしながらその手をたたきます。1、2、3、4、5、6、7、8。次に、両手を横に広げて、足を交互に前に上げてください。1、2、3、4、5、6、7、8。はい、そのままその場でぐるぐる回りますよー。1、2、3、4、5、6、7、8。最後はジャンプです。両足をそろえたまま、足を後ろに跳ね上げるようにして、4回ジャンプしてください。イチ、ニイ、サン、シイ。さあ、これを繰り返していきます。

▶どの順序で動きますか。

6番 **男の人が女の人と自分の作品について話しています。二人が見ている作品はどれですか。**

男：あ～あ、やっと完成した。本当に大変だったよ。
女：よかったわね。ところで、これ、なんなの。
男：君には芸術がわからないんだなあ。これは人間の夢を表しているんだ。
女：へえ。じゃあ、この一番上の丸いのは。
男：う～ん、これは心の目なんだ。じゃ、これはなんだかわかる。この三角に飛び出しているの。
女：う～ん、それは…あ、手を組んでいるのかなあ。
男：そう、その通り。
女：全体に丸みを帯びてるのが、いいじゃない。
男：そう、よくわかってるじゃない。これが一番苦労したんだよ。母性を表しているんだ。

▶二人が見ている作品は、どれですか。

7番 **男の人と女の人が写真を見ながら話しています。話をしている現在の男の人は、どの人ですか。**

女：これ、だれの写真。
男：あ、ぼくの学生時代んだよ。
女：え。ずいぶん変わったのね。わからなかったわ。
男：昔は細かっただろう。今はこんなになっちゃったけど。
女：メガネもかけてないのね。
男：昔はコンタクトレンズだったんだ。
女：髪もずいぶん長かったのね。伸ばしてたんだ。けっこう似合ってるじゃない。
男：まあね。でも、就職のとき、切らないわけにはいかなかったんだよ。
女：まるで別人ね。

▶話をしている現在の男の人は、どの人ですか。

8番 **観光案内所で男の人がツアーのコースについて聞いています。男の人はどのコースを選びますか。**

男：あの、市内観光をしたいんですが。どんなコースがあるでしょうか。
女：はい。これは半日コースなんですが、お城を中心に市内を回るコースです。伝統工芸の工房を見て回ります。もし時間がおありなら、郊外まで足を伸ばされたらどうでしょうか。こちらは、海岸線を通るコースです。新鮮な魚料理が楽しめます。あるいはもし山がお好きでしたら、こちらのコースをお勧めします。北アルプスが見えて、とてもきれいですよ。1時間ほどのハイキングができるようになっています。
男：魚料理か…いいなあ。でも最近運動不足だから体を動かしてみるのもいいか。これにします。

▶男の人は、どのコースを選びましたか。

9番 **男の人の家の正しい地図はどれですか。**

女：今、駅に着いたんですけれど、お宅にうかがうにはどのように行ったらよろしいでしょうか。

男：駅の南口に出て、駅前の道をまっすぐ来てください。最初の四つ角を左に曲がって、橋を渡るんです。橋を渡ったらすぐ右に折れて、そのまま川沿いに来てください。しばらく行くと公園が見えてきます。その公園の隣のマンションの２階です。

女：最初の角を左ですね。それから、橋を渡って、公園が目印ですね。はい、わかりました。

▶男の人の家の正しい地図はどれですか。

10番 **誰と誰がいっしょに仕事をするか、男の人二人が話しています。どの組み合わせで仕事をしますか。**

内山(うちやま)：今度の新商品の販売促進のプロジェクトなんだけど、阿部(あべ)、おまえ、井上(いのうえ)と組んで、北部地区を担当してくれる。

阿部：内山さん、どうして新人同士、組ませるんですか。井上と私じゃ…。

内山：こういうことは、かえってそのほうがいいんだよ。下手に経験があるよりはね。

阿部：いや、でも心配ですよ。全く経験がないんじゃ。

内山：経験がない者の新しい発想でやってほしかったんだけど…。じゃ、１年先輩の…。

阿部：あ、江川(えがわ)さんですね。はい。わかりました。

内山：じゃ、おれは井上といっしょに南部地区を担当するよ。

▶どの組み合わせで仕事をしますか。

11番 **郵便と宅配便の取扱量の変化について説明しています。どのグラフを説明していますか。**

戦後最大のサービス革命と言われる宅配便は、今では生活になくてはならないものになっています。これは1976年にある運送会社が始めたものですが、1981年を境にそれまで主流だった郵便小包と取扱量が逆転しました。その後もうなぎのぼりに増え、今後も伸び続けると見られています。それに比べ、郵便のほうは宅配便におされ、1986年あたりから多少盛り返したものの、1992年以降、横ばい状態が続いています。

▶どのグラフを説明していますか。

問題Ⅱ

問題Ⅱは絵がありません。正しい答えを１つ選んでください。７番と８番の間に休みの音楽が入ります。では一度練習しましょう。

例 **男の人と女の人が話しています。女の人は、なぜいらいらしているのですか。**

女：あー、大変大変。
男：何をそんなにいらいらしているんだよ。
女：だって、あしたまでに会議の資料はそろえなきゃならないし、部長の出張の手配もしなきゃならないでしょ。それから、レセプションの準備だの、報告書を書くだの、あー、もう大変よ。昼ごはんもゆっくり食べられないわ。
男：そうですか、そうですか。でも暇より忙しいほうがずっといいと思うよ。生き生きして見えるし。
女：あ、そうかしら。

▶女の人は、なぜいらいらしているのですか。

1. 生き生きしていないからです。
2. 昼ごはんがおいしくないからです。
3. 忙しいからです。
4. 暇だからです。

正しい答えは、3です。解答用紙の問題Ⅱの例のところを見てください。正しい答えは3ですから、答えはこのように書きます。では、始めます。

１番 **お医者さんと女の人が話しています。お医者さんは女の人が眠れないのはなぜだと言っていますか。**

女：最近、眠れなくて困っているんです。
男：全然寝ていないわけじゃないんでしょう。
女：ええ、でも、うとうとしたかと思うともう朝で…。ほとんど寝ていないので不安なんです。
男：体の調子はどうですか。起きたとき、疲れが残っていますか。
女：う～ん、いいえ。特にそんなことは…。
男：じゃ、大丈夫。睡眠は十分です。ところで、昼間はどんな生活をしていますか。
女：だいたいうちにいます。本を読んだり、テレビを見たり、たまに買い物に行くぐらいで…。
男：ああ…。じゃ、それがいけないんですよ。

▶お医者さんは女の人が眠れないのはなぜだと言っていますか。

1. 昼間、睡眠を十分とっているからです。
2. 昼間、家事をしているからです。
3. 昼間、疲れているからです。
4. 昼間、体を動かしていないからです。

2番 **男の人は、大学の専攻を決めるときに一番大切なことは何だと言っていますか。**

女：どんな学部に進んだらいいか、迷っているんです。
男：あ、そう。だれでも迷うんだよね。で、将来、何がやりたいの。
女：何って、まだ特に…。将来、どんな分野が伸びるんでしょうか。
男：やはり、電子工学や応用化学の分野だろうね。
女：ああ、でも理科はあまり得意では…。
男：何に興味があるの。
女：歴史なんかですけど。でも、歴史を仕事にするなんて、無理ですよね。
男：ううん。生計を立てるために勉強するという考え方もあるけどね。それも確かに大切なことなんだけど…。でもね、自分が夢中になれることを勉強するんじゃなければ、大学なんか行っても意味ないよ。
女：そうですね。

▶男の人は、大学の専攻を決めるときに一番大切なことは何だと言っていますか。

1. 将来の仕事について考えることです。
2. 好きな分野を選ぶことです。
3. 将来性のある分野を知ることです。
4. 理科系の科目にも興味を持つことです。

3番 **女の人はなぜ店のインテリアを変えたのですか。**

映画の中に出てきた婦人服の店を見ていて、「これだ」と思ったんです。うちはいろいろな品物を置き過ぎてましたからね。店に並べるものは代表的なものだけにして、あとはお客様のご要望によって中から出してくればいいわけですから。そしたら、ここにこんな大きな花も置けるし、それから壁紙を取り替えて絵もかけたんですよ。今までの大衆的な雰囲気から抜け出したくてね。それでこういうふうにしました。なかなかいいでしょう。

▶女の人はなぜ店のインテリアを変えたのですか。

1. できるだけ多くの人に来てもらいたかったからです。
2. 高級なイメージを出したかったからです。
3. お客様の要望にこたえたかったからです。
4. 品数を多くしたかったからです。

4番 **男の人と女の人が最近の日本の中年男性について話しています。中年男性はどうだと言っていますか。**

女：へえ、この車、中年夫婦向けなんだ。スポーツタイプの2ドアクーペだから若者向けかと思ったんだけど。

男：二人だけの生活を楽しもうってわけだろう。子供も独立して、趣味を持って人生を楽しもうって人が増えてきたからね。そういうことって年に関係ないんじゃない。

女：そうね。そういえば、近ごろは中年の男の人だって、いわゆる会社人間は少なくなったみたいね。日本人男性は働き中毒なんて、もう昔の話。

男：ぼくだって、もうそんなに若くはないけど、会社第一ってわけじゃないもんね。友だちだって、働くことには無理をしないって言ってるし…。

▶中年男性はどうだと言っていますか。

1. 働くことを第一に考えない人が多くなりました。
2. 人生を楽しもうとしていたのは、昔の話です。
3. 働き過ぎの人が少なくありません。
4. 子供といっしょに趣味を楽しんでいます。

5番 **男の人が料理をしています。男の人が料理の一番最後にすることは何ですか。**

女：やってる、やってる、うふふ。どう。

男：なかなかいい調子だよ。今、じゃがいもを入れたところなんだ。それがやわらかくなるまで煮て、いったん火を止めてルーを溶かす。それから、もう一度弱火にかけて約15分煮込んでできあがり、だろう。

女：そうだけど、初めに材料、いためた。

男：もちろん。

女：特製スープ入れた。

男：あっ、それ、忘れちゃったよ。

女：いやだ。それが味の決め手でしょ。

男：失敗しちゃったなあ。今からじゃ、手遅れかなあ。

女：まだ大丈夫よ。早く入れて。

▶男の人が料理の一番最後にすることは何ですか。

1. 特製スープを入れることです。
2. ルーを溶かすことです。
3. 材料をいためることです。
4. 弱火で15分煮込むことです。

6番 男の人が道路工事について話しています。男の人が言いたいことは何ですか。

この道路を広くして、バスを通したいというのは、山の上に住んでいる人たちの昔からの願いでした。駅へ行くためにこの狭くて急な坂道を上(のぼ)り下(お)りするのは大変だし、しかも、この道路を車や自転車や歩行者がいっしょになって通るんですから、とても危険なんです。ところが、道路を広くすると車が増えて排気ガスがひどくなるから反対だ、というのが、山の下に住む人たちの言い分でした。それで交渉に時間がかかって工事を始めるのが今になってしまったんです。しかし、こうして工事のために山を切り崩し始めると、この山にあった緑や野鳥の声がなつかしいんですね。環境を破壊すべきではないという声もききます。とはいえ、山の上の宅地開発はどんどん進んでいますし、住む人は増える一方なんです。

▶男の人が言いたいことは何ですか。

1. 豊かな緑と野鳥の声は、大切だからぜひ残すべきです。
2. 道路が広くなると、車が増えて排気ガスがひどくなります。
3. 自然がなくなるのは惜しいですが、この道路は広くする必要があります。
4. 山の下に住む人たちとの交渉に時間がかかったのは残念です。

7番 男の人と女の人が話しています。会話の内容にないものはどれですか。

女：ねえ、知ってる。アメリカでは、子供を連れて出張する人が増えてるんだって。
男：え、それ、女の人が。
女：女の人もそうだけど、パパたちもそんな人が多くなっているっていうのよ。右ひざにはノートパソコン、左ひざには子供、ってわけよ。
男：へー。それ、働くお母さんが増えたから、しかたなくパパが連れてくってことか。
女：うん。もちろん、しかたなくって人が多いらしいけど、「わが子に貴重な経験をさせたい」っていう人も、けっこういるんだって。
男：ふ～ん。アメリカでは男もいっしょに子育てをやってるんだなあ。

▶会話の内容にないものはどれですか。

1. 子連れの出張です。
2. パソコン通信です。
3. 子育てです。
4. 働くお母さんです。

ここでちょっと休みましょう。

【Music】

ではまた続けます。

8番 男の人が話しています。この工事の目的は何ですか。

私は今、川の整備の仕事をしています。今まで川の整備といえば、川の土手をコンクリートで固め、そしてコンクリートの表面を平らにきれいに仕上げるということでした。しかし、最近では川を昔のようにコンクリートで固めない川にもどそうという動きが盛んになっているのです。たとえば、この川でも、もともとこの辺りにいた生き物が自然な形で生息できるように工夫しているのです。ここでは普通の土木工事と違って自然な地形を作ることが重要だったので、私たちも最初はどうすればいいのかさっぱりわからなかったんです。とにかく、普通とは反対のことをするんですからね。苦労しました。たとえば、でこぼこを作ったり、人工の池に地下水をためたり…。

▶この工事の目的は何ですか。

1. コンクリートで川を固めることです。
2. 生き物が飼えるようにすることです。
3. 川を自然な形に戻すことです。
4. 人工の池に地下水をためることです。

9番 男の人と女の人が話しています。何について話していますか。

女：まず、校長先生のあいさつ。これはよろしいですね。
男：そうだね。
女：次にお客様からのお祝いのことば、そして保護者代表のあいさつです。
男：うん。
女：それから、生徒代表のことば。あっ、この学校の「20年の歩み」というビデオがあるんですが、生徒が作った…。
男：へえ、そんなものがあるの。それはいい。じゃ、校長のあいさつの次に見せようか。最後は、全校児童の合唱で締めくくろう。

▶二人は何について話していますか。

1. 小学校の式典についてです。
2. ビデオ上映会についてです。
3. 合唱コンクールについてです。
4. 小学校の保護者会についてです。

10番 社長と秘書が話しています。社長が友人に会えるのは何時からですか。

男：今日の予定はどうなってるかな。
女：10時からは役員会議です。お昼は会食の予定が入っています。それから、2時には歯医者に予約が入れてあります。
男：ああ、歯医者か。忘れてた。それから。
女：中央工場の視察です。3時に迎えが参ります。夕食は工場長のほうで用意するということです。
男：ちょっと友人が会いたいと言ってるんだが、会えないかなあ。
女：じゃ、歯医者さんの予約をキャンセルいたしましょうか。
男：そうだな、そうしてくれ。

▶社長が友人に会えるのは何時からですか。

1. 10時からです。
2. 12時からです。
3. 2時からです。
4. 3時からです。

11番 **父親と娘が話しています。父親は娘に対して、どんな気持ちを持っていますか。**

父：おまえ、最近、ろくに学校にも行かずにアルバイトばかりやってるっていうじゃないか。それで、ちゃんと進級できるのか。もうすぐ試験じゃないか。
娘：大丈夫よ。授業なんか出なくたって、ちゃんとノートはコピーさせてもらうことになってるんだから。毎回きちんと出席する必要なんて、ないじゃない。
父：おまえ、いったい何のために大学行ってるんだ。勉強するためじゃないのか。
娘：そういうお父さんはどうだったの。お父さんはまじめに勉強だけをしていたっていうわけ。
父：それはまあ…。だけどなあ…。
娘：私がアルバイトばかりしているって言うけど、授業以外の社会勉強って、すごく大切じゃない。
父：確かにお前の言うことも一理ある。人間は勉強ばかりじゃないからな。でも、やっぱりほどほどにしないと…。大学時代なんて、もう二度と帰ってこないんだから。

▶父親は娘に対して、どんな気持ちを持っていますか。

1. アルバイトをすることに絶対反対しています。
2. 大学では勉強だけをしっかりしてほしいと思っています。
3. 大学の授業は出なくても大丈夫だと思っています。
4. アルバイトはある程度はしてもいいと思っています。

12番 **男の人と女の人が話しています。男の人が女の人にしてほしいことは何ですか。**

男：おたくの柿の木、ずいぶんりっぱになりましたね。
女：ええ。この家を建てたときに植えたんですが…。
男：秋になると、お宅の柿の葉がうちの庭にもたくさん落ちてきますよ。
女：そうですか。落ち葉はそのままにしておくと、土の肥料になっていいらしいですよ。
男：といってもねえ。かなりの量ですからね。
女：うちはそのままにしているんですよ。

男：枝がうちの庭にかなり伸びてきていますから、日当たりが悪くなりましてね。柿の実が落ちてくることもありますよ。
女：あら、どうぞご遠慮なさらずに召し上がってください。
男：ああ、しかし…。私も庭の手入れをするとき、枝がじゃまになりましてね。

▶男の人が女の人にしてほしいことは何ですか。

1. 落ち葉をそのままにしておくことです。
2. 庭の手入れをすることです。
3. 柿の実をくれることです。
4. 柿の木の枝を切ることです。

13番 新しい冷蔵庫について説明しています。この冷蔵庫はどんな冷蔵庫ですか。

ヒット商品はそれまでの常識を打ち破ることから生まれます。今まで冷蔵庫の野菜室は、一番下にあるというのが常識でした。しかし、よく考えてみれば、野菜は料理のとき必ず使うものなのですから、一番使いやすい位置にあるのが当然ですよね。野菜を取り出すたびにいちいち腰を曲げたり背伸びしたりしなくてもすめば、主婦はずいぶん楽になります。この商品がヒットした理由は、まさにこれなんです。

▶この冷蔵庫はどんな冷蔵庫ですか。

1. 野菜室が下にある冷蔵庫です。
2. 野菜室が真ん中にある冷蔵庫です。
3. 野菜室が一番上にある冷蔵庫です。
4. 野菜室が一番大きい冷蔵庫です。

14番 男の人は検査のためにどんな注意が必要ですか。

男：私は来週、検査なんですが、どうすればいいでしょうか。
女：ええっと、何の検査ですか。
男：胃のレントゲンです。
女：じゃ、今から皆さんに説明しますから、こちらにどうぞ。では、来週検査の方々、よく聞いてください。検査当日は、朝食を食べずに来てください。腸の検査を受ける方は、今日差し上げた特別食を検査の3日前から食べてください。ほかのものは、食べないでください。前日の夜9時以降は、水もとらないでください。胃の検査の方は、前日の9時以降は食事をしないでください。水は当日の朝7時までなら、飲んでもかまいません。では、よろしいですね。

▶男の人は検査のためにどんな注意が必要ですか。

1. 前日は特別食を食べなければいけません。
2. 前日は夜9時までに食事をすませなければいけません。

3. 飲んだり食べたりしてもいいのは、当日の7時までです。
4. 水を飲んでもいいのは、当日の朝9時までです。

15番 **石の彫刻の作り方について説明しています。3番目にすることは何ですか。**

この石の彫刻を作る手順を説明します。まず最初は石選びです。大きさ、色、形など、いくつかのチェックポイントがあります。次に、デザインを決めます。なるべく石の元の形を生かしたデザインを考える必要があります。石本来の持ち味を消さないためです。これがなかなか難しいんです。デザインが決まるまで、山の中を歩いていろいろな自然の造形物を観察したり、スケッチをしたりすることも少なくありません。デザインが決まったら、それに合わせて彫っていきます。ここからは、アイデアより技術が問題になります。彫り上がったら、その作品に合わせてみがきをかけます。これでできあがりです。

▶石の彫刻を作るとき、3番目にすることは何ですか。

1. デザインを決めることです。
2. デザインに合わせて石を彫ることです。
3. 山を歩いて、自然を観察することです。
4. 彫ったものをみがくことです。

これで聴解試験を終わります。

解答

第2部　解答

タイプ 1

問題 1	問題 2	問題 3	問題 4	問題 5	問題 6
④	①	①	②	④	③

タイプ 2

問題 1	問題 2	問題 3
②	②	③

タイプ 3

問題 1	問題 2	問題 3	問題 4	問題 5	問題 6
②	③	④	②	③	②

タイプ 4

問題 1	問題 2	問題 3	問題 4
③	①	④	④

タイプ 5

問題 1	問題 2	問題 3	問題 4	問題 5
①	②	②	④	②

タイプ 6

問題 1	問題 2	問題 3
④	④	②

解答

模擬試験　解答

問題Ⅰ

1番	2番	3番	4番	5番	6番
②	④	②	①	②	③
7番	8番	9番	10番	11番	
①	①	③	④	①	

問題Ⅱ

1番	2番	3番	4番	5番	6番
④	②	②	①	④	③
7番	8番	9番	10番	11番	12番
②	③	①	③	④	④
13番	14番	15番			
②	②	②			

＊配点　問題別配点：問題Ⅰ・Ⅱ　各問１点、合計26点

100点満点での得点への換算式：＜問題別配点による合計得点＞÷26×100

日本語能力試験模擬試験　解答用紙（聴解）

受験番号 Examinee Registration Number		名前 Name	

あなたの受験票と同じかどうか確かめてください。
Check up on your Test Voucher.

〈注意　Notes〉

1. 鉛筆（HB、No.2）で書いてください。
（ボールペンでは書かないでください。）
Use a medium soft (HB or No.2) pencil.
(Do not use a pen or ball-point pen.)

2. 書きなおすときは、消しゴムできれいに消してください。
Erase any unintended marks completely.

3. きたなくしたり、折ったりしないでください。
Do not soil or bend this sheet.

4. マーク例　Marking examples.

良い例 Correct	悪い例 Incorrect
●	⊗ ✔ ⊙ ◐ ●

（ここに書いてはいけません。）
Do not mark in this part.

0	0	0	0	0	0	0	0
1	1	1	1	1	1	1	1
2	2	2	2	2	2	2	2
3	3	3	3	3	3	3	3
4	4	4	4	4	4	4	4
5	5	5	5	5	5	5	5
6	6	6	6	6	6	6	6
7	7	7	7	7	7	7	7
8	8	8	8	8	8	8	8
9	9	9	9	9	9	9	9

解答欄

問題 I

例	正しい	①	②	③	●
	正しくない	●	●	●	④
1番	正しい	①	②	③	④
	正しくない	①	②	③	④
2番	正しい	①	②	③	④
	正しくない	①	②	③	④
3番	正しい	①	②	③	④
	正しくない	①	②	③	④
4番	正しい	①	②	③	④
	正しくない	①	②	③	④
5番	正しい	①	②	③	④
	正しくない	①	②	③	④
6番	正しい	①	②	③	④
	正しくない	①	②	③	④
7番	正しい	①	②	③	④
	正しくない	①	②	③	④
8番	正しい	①	②	③	④
	正しくない	①	②	③	④
9番	正しい	①	②	③	④
	正しくない	①	②	③	④
10番	正しい	①	②	③	④
	正しくない	①	②	③	④
11番	正しい	①	②	③	④
	正しくない	①	②	③	④

問題 II

例	正しい	①	②	●	④
	正しくない	●	●	③	●
1番	正しい	①	②	③	④
	正しくない	①	②	③	④
2番	正しい	①	②	③	④
	正しくない	①	②	③	④
3番	正しい	①	②	③	④
	正しくない	①	②	③	④
4番	正しい	①	②	③	④
	正しくない	①	②	③	④
5番	正しい	①	②	③	④
	正しくない	①	②	③	④
6番	正しい	①	②	③	④
	正しくない	①	②	③	④
7番	正しい	①	②	③	④
	正しくない	①	②	③	④
8番	正しい	①	②	③	④
	正しくない	①	②	③	④
9番	正しい	①	②	③	④
	正しくない	①	②	③	④
10番	正しい	①	②	③	④
	正しくない	①	②	③	④
11番	正しい	①	②	③	④
	正しくない	①	②	③	④
12番	正しい	①	②	③	④
	正しくない	①	②	③	④
13番	正しい	①	②	③	④
	正しくない	①	②	③	④
14番	正しい	①	②	③	④
	正しくない	①	②	③	④
15番	正しい	①	②	③	④
	正しくない	①	②	③	④

著者略歴

筒井由美子

東京外国語大学外国語学部スペイン語学科卒業
インターカルト日本語学校日本語教員養成研究所修了
インターカルト日本語学校専任講師・教材開発担当コーディネーター

大村礼子

慶應義塾大学文学部文学科（英米文学専攻）卒業
インターカルト日本語学校日本語教員養成研究所修了
インターカルト日本語学校非常勤講師・教材開発担当

喜多民子

上智大学外国語学部フランス語学科卒業
インターカルト日本語学校日本語教員養成研究所修了
インターカルト日本語学校非常勤講師・教材開発担当

協力：インターカルト日本語学校

國家圖書館出版品預行編目資料

日本語能力試験対応聴解問題集1級・2級／筒井由美子,大村礼子,喜多民子編著. -- 初版. -- 臺北市 : 鴻儒堂, 民87
面 ; 公分.

ISBN 957-8357-09-5（平裝）.-- ISBN 957-8357-10-9（平裝附卡帶）

1. 日本語言 - 問題集

803.1022　　87006110

日本語能力試験対応
聴解問題集1級・2級

定價：180元

初版中華民國八十七年五月
本出版社經行政院新聞局核准登記
登記證字號：局版臺業字1292號

編　　著：筒井由美子·大村礼子·喜多民子
發 行 人：黃成業
發 行 所：鴻儒堂出版社
地　　址：台北市中正區100開封街一段19號二樓
電　　話：二三一一三八一〇・二三一一三八二三
電話傳真機：〇二～二三六一二三三四
郵政劃撥：〇一五五三〇〇～一號

法律顧問：蕭雄淋律師

本書凡有缺頁、倒裝者，請逕向本社調換
原書名：日本語能力試験対応　聴解問題集1級・2級
編著者：筒井由美子·大村礼子·喜多民子

Chinese edition published by arrangement with KIRIHARA YUNI through Japan UNI Agency / Bardon-Chinese Media Agency

特約經銷商：紅螞蟻圖書有限公司
地址：臺北市內湖區舊宗路2段121巷28號4樓
電話：02-2795-3656
傳真：02-2795-4100